A CASA DOS NÁUFRAGOS

A marca FSC® é a garantia de que a madeira utilizada na fabricação do papel deste livro provém de florestas de origem controlada e que foram gerenciadas de maneira ambientalmente correta, socialmente justa e economicamente viável.

GUILLERMO ROSALES

A casa dos náufragos

Tradução
Eduardo Brandão

Posfácio
Ivette Leyva Martínez

Copyright do texto © 1987 by Espólio de Guillermo Rosales
Copyright do posfácio © 1987 by Ivette Leyva Martínez

Este livro foi publicado com subsídio da Secretaria Geral de Livros, Arquivos e Bibliotecas do Ministério da Cultura da Espanha.

Grafia atualizada segundo o Acordo Ortográfico da Língua Portuguesa de 1990, que entrou em vigor no Brasil em 2009.

Título original
La casa de los náufragos (*Boarding home*)

Capa
Eliana Kestenbaum

Imagem de capa
DW Ribatski

Preparação
Silvia Massimini Felix

Revisão
Camila Saraiva
Carmen S. da Costa

Dados Internacionais de Catalogação na Publicação (CIP)
(Câmara Brasileira do Livro, SP, Brasil)

>   Rosales, Guillermo
>   A casa dos náufragos / Guillermo Rosales ; tradução Eduardo Brandão. — São Paulo : Companhia das Letras, 2011.
>
>   Título original: La casa de los náufragos : (Boarding home).
>   ISBN 978-85-359-1969-1
>
>   1. Ficção cubana I. Título.

11-09676   CDD cb863.4

Índice para catálogo sistemático:
1. Ficção : Literatura cubana cb863.4

[2011]
Todos os direitos desta edição reservados à
EDITORA SCHWARCZ LTDA.
Rua Bandeira Paulista 702 cj. 32
04532-002 — São Paulo — SP
Telefone (11) 3707-3500
Fax (11) 3707-3501
www.companhiadasletras.com.br
www.blogdacompanhia.com.br

A CASA DOS NÁUFRAGOS

A casa dizia por fora *"boarding home"*, mas eu sabia que seria meu túmulo. Era um desses abrigos marginais para onde vai a gente que a vida desenganou. Loucos em sua maioria. Mas às vezes também há velhos abandonados por suas famílias para que morram de solidão e não atrapalhem a vida dos vencedores.

— Aqui você vai ficar bem — diz minha tia, sentada ao volante do seu Chevrolet último tipo. — Você há de compreender que não se pode fazer mais nada.

Entendo. Estou quase agradecendo a ela por ter me encontrado este pardieiro para que eu continue vivendo e não tenha de dormir por aí, em bancos e parques, coberto de crostas de sujeira e carregando trouxas de roupa.

— Não se pode fazer mais nada.

Eu a entendo. Fui posto em mais de três hospícios desde que estou aqui, na cidade de Miami, onde cheguei faz seis meses fugindo da cultura, da música, da literatura, da televisão, dos eventos esportivos, da história e da filosofia da ilha de Cuba. Não sou um exilado político. Sou um exilado total. Às vezes penso que, se tivesse nascido no Brasil, na Espanha, na Venezuela ou na Escandinávia, também teria fugido de suas ruas, seus portos e campos.

— Aqui você vai ficar bem — diz minha tia.

Olho para ela. Ela olha duro para mim. Não há piedade em seus olhos secos. Saímos do carro. A casa dizia *"boarding home"*. É uma dessas casas que recolhem a escória da vida. Seres de olhos vazios, bochechas secas, bocas desdentadas, corpos sujos. Acho que somente aqui, nos Estados Unidos, há lugares como este. Também são conhecidos simplesmente por *"homes"*. Não são casas do governo. São casas particulares, que qualquer um pode abrir desde que obtenha uma licença do Estado e faça um curso de paramédico.

— ...um negócio como outro qualquer — vai me explicando minha tia. — Um negócio como uma funerária, uma ótica, uma loja de roupas. Aqui você vai pagar trezentos pesos.

Abrimos a porta. Ali estavam todos. René e Pepe, os dois retardados mentais; Hilda, a velha decrépita que urina constantemente em seus vestidos; Pino, um homem apagado e silencioso que só faz olhar para o horizonte com um semblante duro; Reyes, um velho caolho, cujo olho de vidro supura continuamente uma água amarela; Ida, a grande dama arruinada; Louie, um ianque forte de pele azeitonada, que uiva constantemente como um lobo enlouquecido; Pedro, um índio velho, talvez peruano, testemunha silenciosa da maldade do mundo; Tato, o homossexual; Napoleão, o anão; e Castaño, um velho de noventa anos que só sabe gritar: "Quero morrer! Quero morrer! Quero morrer!".

— Aqui você vai ficar bem — diz minha tia. — Vai estar entre latinos.

Avançamos. O sr. Curbelo, dono da casa, está nos esperando em seu escritório. Ele me deu nojo desde o princípio? Não sei. Era gordo e flácido, e vestia um ridículo agasalho esportivo arrematado por um jovial boné de beisebol.

— É este o homem? — ele pergunta à minha tia com um sorriso.

— É este — ela responde.

— Aqui você vai ficar bem — diz Curbelo —, vai viver como em família.

Olha para o livro que levo debaixo do braço e pergunta:

— Você gosta de ler?

Minha tia responde:

— Não só de ler. É escritor.

— Ah! — exclama Curbelo falsamente espantado. — E o que você escreve?

— Merdas — digo suavemente.

— Trouxe os remédios? — pergunta então Curbelo.

Minha tia procura na bolsa.

— Sim — diz —, Melleril. Cem miligramas. Quatro por dia.

— Ótimo — diz o sr. Curbelo com o semblante satisfeito. — Já pode deixá-lo. O resto é com a gente.

Minha tia torna a me olhar nos olhos. Creio ver, desta vez, um assomo de piedade.

— Aqui você vai ficar bem — garante. — Não se pode fazer mais nada.

Meu nome é William Figueras, e aos quinze anos já tinha lido o grande Proust, Hesse, Joyce, Miller, Mann. Eles foram para mim como os santos para um cristão devoto. Há vinte anos terminei em Cuba um livro que contava a história de um romance. Era a história de amor entre um comunista e uma burguesa, e acabava com o suicídio de ambos. O livro nunca foi publicado e meu livro nunca foi de conhecimento do grande público. Os especialistas literários do governo disseram que o texto era doentio, pornográfico, e também irreverente, pois tratava o Partido Comunista com dureza. Depois fiquei louco. Comecei a ver demônios nas paredes, comecei a ouvir vozes que me insultavam, e parei de escrever. O que saía era baba de cão raivoso. Um dia, acreditando que uma mudança de país me salvaria da loucura, saí de Cuba e cheguei ao grande país americano. Aqui me esperavam uns parentes que não sabiam nada da minha vida e que depois de vinte anos de separação já nem me conheciam. Acreditaram que chegaria um futuro vencedor, um futuro comerciante, um futuro playboy; um futuro pai de família que teria uma futura casa cheia de filhos e que iria nos fins de semana à praia e dirigiria carros bons e vestiria roupas de grife Jean Marc e Pierre Cardin; e o que apareceu no aeroporto no dia da minha chegada foi um tipo enlouquecido, quase sem dentes, magro e assustado, que tiveram de internar naquele mesmo dia num asilo psiquiátrico porque olhava com receio para toda a família e em vez de abraçá-los e beijá-los os insultou. Sei que foi uma grande decepção para todos. Especialmente para minha tia que esperava uma grande coisa. E o que chegou fui eu. Uma vergonha. Uma mancha terrível nesta boa família de pequenos-burgueses cubanos, de dentes saudáveis e unhas polidas, pele viçosa, roupas da moda, com grossas correntes de ouro e donos de magníficos carrões último tipo e casas de quartos amplos com ar-condicionado e calefação, onde não falta nada na despensa. Naquele dia (o da minha chegada), sei que se entreolharam todos com vergonha, fizeram um ou outro comentário mordaz e saíram do aeroporto em seus carrões com a intenção de nunca mais me ver. E nunca mais me viram mesmo. A única que se manteve fiel aos laços familiares foi essa tia Clotilde, que decidiu cuidar de mim e me hospedou durante três meses em sua casa. Até o dia em que, aconselhada por outros familiares e amigos, decidiu me pôr na *boarding home*; a casa dos escombros humanos.

— Porque você há de compreender que não se pode fazer mais nada.

Eu a entendo.

Esta *boarding home* foi, originalmente, uma casa de seis quartos. Talvez morasse nela, no início, uma dessas típicas famílias americanas que saíram correndo de Miami quando os cubanos fugidos do comunismo começaram a chegar. Agora a *boarding home* tem doze quartos pequeníssimos, e em cada quarto há duas camas. Conta, também, com uma televisão velhíssima, que está sempre quebrada, e uma espécie de sala de estar com vinte cadeiras duras e desconjuntadas. Há três banheiros, mas um deles (o melhor) é do chefe, o sr. Curbelo. Os outros dois estão sempre com a privada entupida, pois alguns hóspedes jogam ali camisas velhas, lençóis, cortinas e outros artigos de pano que usam para limpar o traseiro. O sr. Curbelo não dá papel higiênico. Embora por lei devesse dar. Há um refeitório, fora da casa, que é servido por uma mulata cubana, cheia de colares e pulseiras religiosas, que se chama Caridad. Mas ela não cozinha. Se cozinhasse, o sr. Curbelo teria de pagar a ela mais trinta dólares por semana. E isso é uma coisa que o sr. Curbelo não fará nunca. De modo que o próprio Curbelo, com sua cara de pau de burguês, é quem faz a sopa todos os dias. Ele a prepara da maneira mais simples; pega com a mão um punhado de ervilhas ou lentilhas e joga (plaf!) numa panela de pressão. Talvez ponha um pouco de alho em pó. O resto, o arroz e o prato principal, vem de um restaurante em domicílio chamado Tempero, cujos donos, como sabem que se trata de uma casa de loucos, escolhem o pior do repertório e mandam de qualquer jeito em dois panelões sebentos. Deviam mandar comida para vinte e três, mas só mandam para onze. O sr. Curbelo considera que é o bastante. E ninguém protesta. Mas, no dia em que alguém reclama, o sr. Curbelo, sem encarar o reclamante, diz: "Não gosta? Se não gosta, pode ir embora!". Mas... quem vai? A rua é dura. Até para os loucos que têm os miolos fora do lugar. E o sr. Curbelo sabe disso e torna a dizer: "Vá logo!". Mas ninguém vai. O reclamão abaixa os olhos, pega de novo a colher e volta a engolir em silêncio suas lentilhas cruas.

Porque na *boarding home* ninguém tem ninguém. A velha Ida tem dois filhos em Massachusetts que não querem saber dela. O silencioso Pino está só e sem conhecidos neste enorme país. René e Pepe, os dois retardados mentais, não poderiam jamais viver com seus enfastiados familiares. Reyes, o velho caolho, tem uma filha em Newport que não o vê há quinze anos. Hilda, a velha com cistite, não sabe nem mesmo qual é seu sobrenome. Eu tenho uma tia... mas "não se pode fazer mais nada". O sr. Curbelo sabe tudo isso. Sabe muito bem. Por isso está tão seguro de que ninguém irá embora da *boarding home* e de que ele continuará recebendo os cheques de trezentos e catorze dólares que o governo americano envia para cada um dos loucos do seu hospício. São vinte e três loucos; sete mil duzentos e vinte e dois pesos. Mais outros três mil pesos que lhe vêm de não sei que ajuda suplementar, são dez mil duzentos e vinte e dois pesos por mês. Por isso o sr. Curbelo tem uma casa em Coral Gables com tudo o que tem direito e uma fazenda com cavalos de raça. E por isso consagra os fins de semana ao elegante esporte da pesca submarina. Por isso no dia do aniversário de seus filhos saem fotos deles no jornal local, e ele vai a festas da sociedade vestido de fraque e gravata-borboleta. Agora que minha tia se foi, seu olhar, antes caloroso, me escruta com fria indiferença.

— Venha — diz logo em seguida com secura. E me leva por um corredor estreito até um quarto, o de número 4, onde dorme outro louco cujo ronco lembra o barulho de uma serra elétrica.

— Sua cama é esta — diz, sem olhar para mim. — Sua toalha é esta — e aponta para uma toalha puída e cheia de manchas amarelas. — Seu armário é este e seu sabonete, este — e tira a metade de um sabonete branco do bolso e me entrega. Não fala mais nada. Olha para seu relógio, vê que é tarde e sai do quarto fechando a porta. Então, ponho a mala no chão, acomodo minha pequena televisão em cima de um armário, abro completamente a janela e sento na cama que me foi designada com o livro de poetas ingleses nas mãos. Abro ao acaso. É um poema de Coleridge:

Ai, desses demônios que assim te perseguem,
Velho Marinheiro, Deus te proteja.
Por que me olhas assim? Com minha balestra
Eu dei morte ao Albatroz...

A porta do quarto se abre de repente e entra um sujeito robusto, de pele suja como a água de um pântano. Traz uma lata de cerveja na mão e bebe dela repetidamente sem deixar de olhar para mim com o rabo do olho.

— Você é o novo? — pergunta depois.
— Sou.
— Eu sou Arsenio, quem cuida disto quando Curbelo não está.
— Certo.

Olha para minha mala, e sua vista se detém na pequena televisão em preto e branco.

— Funciona?
— Sim.
— Quanto custou?
— Sessenta pesos.

Bebe outra vez, sem parar de olhar para minha televisão com o rabo do olho. Depois diz:

— Você vai comer?

— Vou.

— Então ande. A comida está na mesa.

Vira e sai do quarto, sempre bebendo da lata. Não estou com fome, mas tenho de comer. Peso somente cinquenta e dois quilos, e minha cabeça costuma girar de fraqueza. As pessoas pela rua gritam às vezes para mim: "Lombriga!". Jogo o livro de poetas ingleses na cama e abotoo a camisa. A calça dança na minha cintura. Tenho de comer.

Saio em direção ao refeitório.

Quando chego, a sra. Caridad, encarregada de distribuir a comida dos loucos, me indica o único lugar disponível. É uma cadeira ao lado de Reyes, o velho caolho, Hilda, a anciã decrépita cujas roupas fedem a urina, e Pepe, o mais velho dos dois retardados mentais. Chamam essa mesa de "a mesa dos intocáveis", porque ninguém os quer a seu lado na hora de comer. Reyes come com as mãos, e seu enorme olho de vidro, grande como um olho de tubarão, supura o tempo todo um humor aquoso que escorre até o queixo como uma grande lágrima amarela. Hilda também come com as mãos e o faz recostada na cadeira, como uma marquesa comendo manjares, de modo que a metade da comida cai em sua roupa. Pepe, o retardado, come com uma enorme colher que parece uma pá de pedreiro; mastiga lenta e ruidosamente com suas mandíbulas sem dentes, e toda a sua cara, até os olhos saltados e enormes, está impregnada de ervilha e arroz. Levo a primeira colherada à boca e mastigo com lentidão. Mastigo uma, três vezes, e percebo que não consigo engolir. Cuspo tudo no prato e saio dali. Quando chego ao meu quarto, vejo que está fal-

tando a televisão. Procuro-a no armário e debaixo da cama, mas não está. Saio à procura do sr. Curbelo, mas quem está sentado agora à sua mesa é Arsenio, o segundo encarregado. Ele bebe um gole da sua lata de cerveja e me informa:
— Curbelo não está. O que foi?
— Roubaram minha televisão.
— Tsc, tsc, tsc — meneia a cabeça com desconsolo. — Deve ter sido Louie — diz. — Ele que é ladrão.
— Onde está Louie?
— No quarto número 3.
Vou até o quarto número 3 e encontro o americano Louie que uiva como um lobo ao me ver entrar.
— Tevê? — digo.
— *Go to hell!* — exclama enfurecido. Uiva de novo. Atira-se sobre mim e me tira aos empurrões do seu quarto. Depois fecha a porta com uma tremenda batida.
Olho para Arsenio. Ele sorri. Mas oculta rapidamente o sorriso tapando a cara com uma lata de cerveja.
— Quer um gole? — pergunta, estendendo-me a lata.
— Obrigado, não bebo. Quando o senhor Curbelo volta?
— Amanhã.
Bom. Não se pode fazer mais nada. Volto para meu quarto e deixo-me cair na cama pesadamente. O travesseiro fede a suor antigo. Suor de outros loucos que passaram por aqui e se desidrataram entre estas quatro paredes. Atiro-o para longe de mim. Amanhã peço um lençol limpo, um travesseiro novo e um trinco para pôr na porta, para que ninguém entre sem pedir licença. Olho para o teto. É um teto azul, descascado, percorrido por minúsculas baratas marrom-claras. Bom. Este é meu fim. O último ponto a

que pude chegar. Depois desta *boarding home* não há mais nada. A rua e nada mais. A porta se abre de novo. É Hilda, a velha decrépita que urina nas roupas. Vem pedir um cigarro. Eu lhe dou. Olha para mim com olhos bondosos. Advirto, atrás daquele rosto horripilante, uma certa beleza de ontem. Tem uma voz sumamente doce. Com ela narra sua história. Nunca se casou, diz. É virgem. Tem, diz, dezoito anos. Está procurando um cavalheiro de fino trato para se unir a ele. Mas um cavalheiro, não qualquer coisa.

— O senhor tem olhos bonitos — me diz com doçura.
— Obrigado.
— Não há de quê.

Dormi um pouco. Sonhei que estava numa cidadezinha do interior, lá em Cuba, e que na cidade toda não havia vivalma. As portas e as janelas estavam abertas de par em par, e através delas se viam camas de ferro cobertas com lençóis brancos muito limpos e bem esticados. As ruas eram compridas e silenciosas, e todas as casas eram de madeira. Eu percorria angustiado aquele vilarejo procurando uma pessoa para conversar. Mas não havia ninguém. Só casas abertas, camas brancas e um silêncio total. Não havia um tico de vida.

Acordei banhado em suor. Na cama ao lado, o louco que roncava como uma serra agora está acordado e veste a calça.

— Vou trabalhar — ele me diz. — Trabalho a noite inteira numa pizzaria e me pagam seis pesos. Também me dão pizza e coca-cola.

Veste a camisa e calça os sapatos.

— Sou um escravo antigo — diz. — Sou um homem

renascido. Eu, antes desta vida, fui um judeu que viveu no tempo dos césares.

Sai batendo a porta. Olho para a rua através da janela. Deve ser meia-noite. Levanto da cama e me dirijo à sala, para tomar ar fresco. Ao passar em frente ao quarto de Arsenio, o encarregado do hospício, ouço um embate de corpos e depois o ruído de uma bofetada. Sigo meu caminho e sento numa poltrona desconjuntada fedendo a suor velho. Acendo um cigarro e jogo a cabeça para trás, recordando, ainda com medo, o sonho que acabo de ter. Aquelas camas brancas e bem esticadas, aquelas casas solitárias abertas de par em par e eu, o único ser vivo em todo o vilarejo. Vejo então alguém sair do quarto de Arsenio, o encarregado. É Hilda, a velha decrépita. Está nua. Atrás dela sai Arsenio, também nu. Não me viram.

— Vem — ele diz a Hilda com voz de bêbado.

— Não — ela responde. — Isso machuca.

— Vem; vou te dar um cigarrinho — diz Arsenio.

— Não. Machuca!

Dou uma tragada no meu cigarro e Arsenio me descobre entre as sombras.

— Quem está aí?

— Eu.

— Eu quem?

— O novo.

Murmura alguma coisa, contrariado, e entra de novo no quarto. Hilda vem até a mim. Um raio de luz, proveniente de um poste, banha seu corpo nu. É um corpo cheio de pelancas e vazios profundos.

— Tem um cigarrinho? — pergunta com voz doce.

Eu lhe dou.

— Não gosto que metam em mim por trás — diz. — E aquele, aquele desgraçado! — e aponta para o quarto de Arsenio —, só quer fazer por aí.

Vai embora.

Volto a encostar a cabeça no espaldar da poltrona. Penso em Coleridge, o autor de *Kubla Kan*, em quem o desencanto com a Revolução Francesa provocou a ruína e a esterilidade como poeta. Mas logo meus pensamentos são cortados. A *boarding home* estremece com um uivo comprido e aterrador. Louie, o americano, aparece na sala com o rosto desfigurado pela cólera.

— *Fuck your ass!* — grita em direção à rua, onde não há ninguém a essas horas. — *Fuck your ass! Fuck your ass!*

Dá um soco num espelho da parede, e este cai no chão espatifado. Arsenio, o encarregado, diz com voz entediada de sua cama:

— Louie... *you* cama nau. *You* remédio *tomorrow. You no* enche mais.

E Louie desaparece entre as sombras.

Arsenio é o verdadeiro chefe da *boarding home*. O sr. Curbelo, apesar de vir todos os dias (menos sábado e domingo), só fica aqui três horas, depois vai embora. Faz a sopa, prepara os remédios do dia, escreve uma coisa desconhecida num caderno grosso, depois vai embora. Arsenio fica vinte e quatro horas, sem sair, sem ir nem mesmo à esquina comprar cigarro. Quando precisa fumar, pede a algum louco que vá ao mercadinho. Quando está com fome, manda Pino, que é seu louco de recados, buscar comida no boteco da esquina. Também manda buscar cerveja, muita cerveja, pois Arsenio passa o dia completamente bêbado. Seus amigos o chamam de Budweiser, a marca de cerveja que ele mais toma. Quando bebe, seus olhos se tornam mais malvados, sua voz se torna mais arrastada (ainda!), e seu jeito mais tosco e insolente. Então dá tapas em Reyes, o caolho; abre as gavetas de qualquer um em busca de dinheiro e passeia por toda a *boarding home* com uma faca afiada na cintura. Às vezes pega essa faca, entrega-a a René, o retardado, e diz a ele apontando para Reyes, o caolho: "Enfie nele!". E explica bem: "Enfie no pescoço, que é a parte mais macia". René, o retardado, pega a faca com uma mão desajeitada e avança para o velho caolho. Mas, apesar de lhe dar facadas às cegas, nunca o penetra, porque não tem força para isso. Arsenio então o senta à mesa; traz uma lata de cerveja vazia e enfia a faca nessa lata. "É assim que se dá facada!", explica a René. "Assim, assim, assim!", e esfaqueia a lata até enchê-la de furos. Então volta a pôr a faca na cintura, dá um tapa selvagem no traseiro do velho caolho e volta a sentar no escritório do sr. Curbelo para tomar outras cervejas. "Hilda!", chama depois. E lá vem Hilda, a velha decrépita que fede a urina. Arsenio toca o sexo da velha por cima da roupa e diz: "Lave isso hoje!".

— Fora, homem — protesta Hilda indignada. E Arsenio cai na risada. Sua boca também está cheia de dentes estragados, como todas as bocas da *boarding home*. E seu torso, quadrado e suado, é cortado por uma cicatriz que vai do peito ao umbigo. É uma facada que lhe deram na prisão, cinco anos antes, quando cumpria pena por roubo. O sr. Curbelo lhe paga setenta pesos por semana. Mas Arsenio está satisfeito. Não tem família, não tem profissão, não tem aspirações na vida, e aqui na *boarding home* ele é um chefe. Pela primeira vez na vida, Arsenio se sente realizado num lugar. Além do mais, sabe que Curbelo nunca o despedirá. "Eu sou tudo para ele", costuma exclamar. "Nunca encontrará outro como eu." É verdade. Por setenta pesos por semana Curbelo não encontrará em todos os Estados Unidos outro secretário como Arsenio. Não encontrará.

Acordei. Adormeci na poltrona desconjuntada e acordei por volta das sete. Sonhei que estava amarrado num rochedo e minhas unhas eram compridas e amarelas como as de um faquir. Em meu sonho, embora estivesse amarrado por castigo dos homens, eu tinha um enorme poder sobre os animais do mundo. "Polvos!", eu gritava, "tragam uma concha marinha em cuja superfície esteja gravada a Estátua da Liberdade." E os polvos, enormes e cartilaginosos, procuravam com seus tentáculos essa concha entre milhões e milhões de conchas que há no mar. Acabavam encontrando, subiam-na penosamente até o rochedo onde eu estava cativo e a entregavam com respeito e humildade. Eu olhava para a concha, soltava uma gargalhada e a jogava no vazio com imenso desdém. Os polvos choravam grossas lágrimas cristalinas por causa da minha crueldade. Mas eu ria com o pranto dos polvos e gritava com uma voz terrível: "Tragam outra igual".

São oito da manhã. Arsenio não acordou para o café. Os loucos se apinham famintos na sala da televisão.

— Senio...! — grita Pepe, o retardado. — Café amanhã! Café amanhã! Quando dá café amanhã?

Mas Arsenio, ainda bêbado, continua em seu quarto roncando de barriga para cima. Um dos loucos liga a tevê. Aparece um pregador falando de Deus. Diz que esteve em Jerusalém. Que viu o horto de Getsêmani. Aparecem na televisão fotos desses lugares por onde Deus andou. Aparece o rio Jordão, cujas águas limpas e mansas, diz o pregador, são impossíveis de esquecer. "Estive lá", diz ele. "E dois mil anos depois respirei a presença de Jesus." O pregador chora. Sua voz se faz dolorida. "Aleluia!", diz. O louco muda de canal. Põe, desta vez, no canal latino. Trata-se agora de um comentarista cubano que fala de política internacional.

"Os Estados Unidos têm de endurecer", diz ele. "O comunismo se infiltrou nesta sociedade. Está nas universidades, nos jornais, na intelectualidade. Temos de voltar aos grandes anos de Eisenhower."

— Isso mesmo! — diz a meu lado um louco chamado Eddy. — Os Estados Unidos têm de ter colhões e arrasar. O primeiro que tem de cair é o México, que está cheio de comunistas. Depois o Panamá. E depois a Nicarágua. E onde quer que haja um comunista, temos de pendurá-lo pelos colhões. Os comunistas tiraram tudo de mim. Tudo!

— O que eles tiraram de você, Eddy? — pergunta Ida, a grande dama arruinada.

Eddy responde:

— Eles me tiraram dez hectares de terra plantada de mangueira, cana, coco... Tudo!

— Do meu marido tiraram um hotel e seis casas em Havana — diz Ida. — Ah, e três farmácias e uma fábrica de meias e um restaurante.

— São uns filhos da puta! — diz Eddy. — Por isso os Estados Unidos têm de arrasar. Jogar cinco ou seis bombas atômicas. Arrasar!

Eddy começa a tremer.

— Arrasar! — diz. — Arrasar!

Treme muito. Treme tanto que cai da cadeira e continua tremendo no chão.

— Arrasar! — diz, do chão.

Ida grita:

— Arsenio, Eddy está tendo um ataque!

Mas Arsenio não responde. Então Pino, o louco silencioso, vai até o lavabo e volta com um copo d'água que joga na cabeça de Eddy.

— Chega — diz Ida. — Chega. Desliguem a televisão.

Desligam. Levanto. Vou ao banheiro urinar. A privada está entupida com um lençol que jogaram lá dentro. Urino no lençol. Depois lavo o rosto com um pedaço de sabonete que encontro na pia. Vou me enxugar no quarto. Lá, o louco que trabalha numa pizzaria de noite está contando seu dinheiro.

— Ganhei seis pesos — diz, guardando seus lucros numa carteira. — Também me deram pizza e coca-cola.

— Que bom — digo, enxugando-me com a toalha.

Então a porta se abre bruscamente e Arsenio aparece. Acaba de se levantar. Seus cabelos de arame estão eriçados e seus olhos, sujos e inchados.

— Escute — diz ao louco —, me dê três pesos.

— Por quê?

— Não se preocupe. Eu pago.

— Você nunca paga — protesta o louco com voz infantil. — Você só pega, pega, e nunca paga.

— Me dê três pesos — volta a dizer Arsenio.
— Não.
Arsenio vai até ele, agarra-o pelo pescoço com uma das mãos e com a outra revista seus bolsos. Encontra a carteira. Tira quatro pesos e joga o resto em cima da cama. Depois se vira para mim e diz:
— Tudo o que você vir aqui pode dizer a Curbelo, se quiser. Eu aposto dez contra um que ganho eu.
Sai do quarto sem fechar a porta e grita do corredor:
— Café da manhã!
Os loucos saem em tropelia atrás dele, rumo às mesas do refeitório.
Então o louco que trabalha na pizzaria pega os dois pesos que restaram. Sorri e exclama alegremente:
— Café da manhã! Oba! Com a fome que eu estou.
Também sai. Termino de enxugar o rosto. Olho-me no espelho cheio de nuvens cinzentas que há no quarto. Quinze anos atrás eu era lindo. Tinha mulheres. Passeava minha cara com arrogância pelo mundo. Hoje... hoje...
Pego o livro de poetas ingleses e saio para tomar o café.
Arsenio serve o desjejum. É leite frio. Os loucos se queixam de que não há cornflakes.
— Digam ao Curbelo — responde Arsenio com indiferença. Depois pega com má vontade a garrafa de leite e vai enchendo os copos displicentemente. A metade do leite cai no chão. Pego meu copo e, ali mesmo, de pé, tomo o leite de um gole só. Saio do refeitório. Entro de volta na casa principal e torno a sentar na poltrona desconjuntada. Mas antes ligo a televisão. Aparece um cantor famo-

so, que chamam de El Puma, adorado pelas mulheres de Miami. El Puma mexe a cintura. Canta: "Viva, viva, viva a libertação". As mulheres do público deliram. Começam a jogar flores para ele. El Puma remexe mais as cadeiras. "Viva, viva, viva a libertação." El Puma é um dos homens que fazem as mulheres de Miami tremer. As mesmas que, quando eu passo, nem se dignam a olhar para mim, e se o fazem é para segurar com mais força suas bolsas e apertar o passo com temor. Lá está ele: El Puma. Não sabe quem é Joyce nem lhe interessa. Nunca lerá Coleridge nem precisa. Nunca estudará *O 18 brumário* de Karl Marx. Nunca abraçará desesperadamente uma ideologia e depois se sentirá traído por ela. Nunca seu coração fará *crack* ante uma ideia em que acreditou firme, desesperadamente. Nem saberá quem foram Lunatchárski, Bulganin, Trótski, Kamenev ou Zinoviev. Nunca experimentará o júbilo de ser membro de uma revolução, e depois a angústia de ser devorado por ela. Nunca saberá o que é *a máquina*. Nunca saberá.

De repente, há uma grande confusão na varanda. As mesas caem, as cadeiras rangem, as paredes de tela metálica estremecem como se um elefante enlouquecido se chocasse contra elas. Corro para lá. São Pepe e René, os dois retardados mentais, que brigam por um pedaço de pão com pasta de amendoim. É um duelo pré-histórico. É a briga de um dinossauro com um mamute. Os braços de Pepe, enormes e desajeitados como os tentáculos de um polvo, descarregam pancadas cegas no corpo de René. Este usa suas unhas, grandes como garras de gavião, e as crava na cara do adversário. Caem no chão abraçados pelo pescoço, soltando baba pela boca e sangue pelo nariz. Ninguém intervém. Pino, o silencioso, continua olhando para o horizonte sem pestanejar. Hilda, a velha decrépita, procura no chão guimbas de cigarro. Reyes, o caolho, sorve lentamente um copo d'água, saboreando cada gole como se fosse uísque. Louie, o americano, folheia uma revista das testemunhas de Jeová em que se fala do paraíso que virá quando chegar a hora. Arsenio, da cozinha, observa a briga fumando com tranquilidade. Volto ao meu assento. Abro o livro de poetas ingleses. É um poema de lorde Byron:

Minha vida é uma fronde amarelada
Onde já não existem os frutos do amor.
Somente a dor, esse verme que rói,
Permanece a meu lado.

Paro de ler. Reclino a cabeça na poltrona e fecho os olhos.

O sr. Curbelo chegou às dez da manhã em seu pequeno automóvel cinza. Vinha contente. A mulata Caridad, que serve a comida aos loucos, para cair nas boas graças dele, comenta como está jovem e bem-disposto hoje.

— É que tirei um bom quarto lugar — diz o sr. Curbelo.

E depois explica:

— Na pesca submarina. Tirei quarto lugar. Peguei dois cações de dezoito quilos cada um.

— Ah! — sorri a mulata Caridad.

O sr. Curbelo entra na *boarding home*. Imediatamente todos os loucos dirigem-se a ele pedindo cigarros. O sr. Curbelo tira do bolso um maço de Pall Mall e distribui os cigarros aos loucos. Não olha para nenhum. Distribui os cigarros depressa, com impaciência, com a mesma irritação com que Arsenio distribui o leite de manhã. Os loucos fumam pela primeira vez no dia. O sr. Curbelo compra um maço de cigarros diário e o reparte todas as manhãs ao chegar. Por ser bom? Nada disso. De acordo com uma lei do governo americano, o sr. Curbelo deve dar todos os meses a cada louco trinta e oito pesos para cigarros e outras miudezas. Mas não dá. Em vez disso, compra todo dia um maço de cigarros para todos, só para que os loucos não cheguem ao derradeiro extremo do desespero. O sr. Curbelo rouba desse modo dos loucos mais de setecentos pesos por mês. Mas os loucos, apesar de saberem disso, são incapazes de reclamar seu dinheiro. A rua é dura...

— Senhor Curbelo — digo, aproximando-me dele.

— Agora não posso te atender — diz ele, abrindo o armário de remédios.

— É que roubaram minha televisão — digo.

Ele me ignora. Abre uma gaveta do armário e tira dúzias de frascos de comprimidos que põe em cima da sua mesa. Procura os meus. Melleril, cem miligramas. Pega um.

— Abra a boca — diz.

Abro. Joga o comprimido dentro dela.

— Engula — diz.

Arsenio me observa enquanto engulo. Sorri. Mas quando olho fixamente para ele esconde o sorriso levando um cigarro à boca. Não preciso investigar mais. Sei perfeitamente que foi o próprio Arsenio que roubou a televisão.

Percebo que não adiantará nada me queixar a Curbelo. O culpado nunca aparecerá. Dou meia-volta e saio para a varanda. Chego no momento em que Reyes, o velho caolho, bota para fora seu pênis pequeno e enrugado e começa a urinar no assoalho. Eddy, o louco versado em política internacional, levanta da sua cadeira, vai até ele e lhe dá um soco brutal nas costelas.

— Nojento! — diz Eddy. — Um dia vou te matar.

O velho caolho retrocede. Treme, mas não para de urinar. Depois, sem pôr o pênis para dentro das calças, deixa-se cair numa cadeira e pega no chão um copo d'água. Bebe, saboreando a água como se fosse um martíni.

— Ah! — exclama satisfeito.

Saio da varanda. Vou para a rua, onde estão os vencedores. A rua, cheia de carros grandes e velozes, com as janelas fechadas por grossos vidros fumês para que os vagabundos como eu não possam bisbilhotar. Ao passar por um café, ouço gritarem para mim:

— Louco!

Eu me viro com rapidez. Mas ninguém está me olhando. Os clientes bebem em silêncio seus refrescos, compram cigarros, folheiam o jornal. Percebo que é a voz que ouço há quinze anos. A voz cachorra que me insulta sem parar. A voz que vem de um lugar desconhecido, mas muito próximo. A voz. Avanço. Para o norte? O sul? Que importância tem! Avanço. E, seguindo, vejo meu corpo refletido nas vidraças das lojas. Meu corpo doente. Minha boca estropiada. Minha roupa suja e elementar. Avanço. Numa esquina há duas mulheres testemunhas de Jeová vendendo a revista *Despertar*. Abordam todo mundo, mas me deixam passar sem me dirigir a palavra. O Reino não foi feito para os esfarrapados como eu. Avanço. Alguém ri às minhas costas e viro a cabeça enfurecido. Não é comigo. É uma velha festejando um recém-nascido. Oh, Deus! Continuo andando. Chego a uma ponte compridíssima debaixo da qual corre um rio de águas turvas. Apoio-me na balaustrada para descansar. Passam velozes os carros dos vencedores. Alguns estão com o rádio ligado a todo volume e se ouvem trepidantes canções de rock.

— Falar de rock para mim! — grito para os carros. — Eu, que cheguei a este país com uma foto de Chuck Berry no bolso da camisa.

Avanço. Chego a um lugar que chamam de Downtown, cheio de edifícios cinzentos e apinhados. Há negros e brancos americanos elegantemente vestidos que saem dos seus trabalhos para comer um cachorro-quente e tomar uma coca-cola. Avanço, em meio a eles, envergonhado com minha frágil camisa xadrez e as calças velhas que dançam na minha cintura. Entro finalmente numa loja onde vendem revistas pornográficas. Vou até a banca e pego uma delas. Folheio. Sinto meu pênis endurecer um pouco e me agacho para dissimular a ereção. Oh, Deus! Mulheres. Mulheres nuas em todas as posições imagináveis. Mulheres bonitas de milionários. Fecho a revista e espero que a excitação passe. Quando passa, eu me endireito, boto a revista no lugar e saio dali. Avanço. Avanço até o coração do Downtown. Até que paro, cansado, e percebo que é hora de voltar para a *boarding home*.

Chego à *boarding home* e tento entrar pela porta principal. Está fechada. Uma empregada, chamada Josefina, limpa a casa por dentro e por isso os loucos foram expulsos para a varanda.

— Fora, loucos! — diz Josefina, empurrando todos com a vassoura. E os loucos saem sem protestar e sentam nas cadeiras da varanda. É uma varanda escura, cercada por telas metálicas pretas, em cujo centro há sempre uma grande poça de urina, produto de Reyes, o velho caolho, que perdeu totalmente a vergonha e urina em qualquer lugar sem parar, mesmo que lhe deem porrada no peito esquálido e na cabeça grisalha e desgrenhada. Contorno-a e sento numa cadeira respirando o cheiro forte de urina. Tiro do bolso o livro de poetas românticos ingleses. Mas não leio nada. Simplesmente observo-o por fora. É um belo livro. Grosso. Bem encadernado. Quem me deu foi o Negro, quando veio de Nova York. Custou-lhe doze pesos. Olho alguns desenhos do livro. Torno a ver a cara de Samuel Coleridge. Vejo a figura de John Keats, aquele que se perguntava em 1817:

Ai! Por que aterrorizas uma alma fraca?
Uma pobre coisa já à beira do túmulo,
frágil e paralítica,
cuja hora pode soar antes da meia-noite.

Então Ida, a grande dama arruinada, levanta-se da sua cadeira e senta junto de mim.

— O senhor lê? — pergunta.

— Ocasionalmente — respondo.

— Ah! — diz ela. — Eu lia muito, antes, lá em Cuba. Romances de amor.
— Ah!
Olho para ela. Veste-se relativamente bem em comparação com a gente da *boarding home*. Seu corpo, apesar de velho, está limpo e recende remotamente a água-de-colônia. Ela é uma das que souberam exigir seus direitos e todos os meses reclama do sr. Curbelo os trinta e oito pesos que lhe cabem.

Foi uma burguesa, lá em Cuba, nos anos em que eu era um jovem comunista. Agora o comunista e a burguesa estão no mesmo lugar. No mesmo canto que a história lhes designou: a *boarding home*.

Abro o livro de poetas românticos ingleses e leio um poema de William Blake:

Quem te criou, cordeirinho?
Sabes tu quem te criou?
Quem te deu vida, te alimentou?
No riacho e na campina...

Fecho o livro. O sr. Curbelo aparece à porta da varanda e me faz sinais com as mãos. Vou. Em seu escritório me espera um homem bem-vestido, bem penteado, com uma grossa corrente de ouro no pescoço e um relógio grande no pulso. Usa bonitos óculos escuros.

— Este é o psiquiatra — diz o sr. Curbelo. — Conte a ele tudo o que você tem.

Sento na cadeira que Curbelo me traz. O psiquiatra pega um papel em sua pasta e começa a preenchê-lo com uma esferográfica. Enquanto escreve me pergunta:

— E então, William, o que você tem?
Não respondo.
— O que você tem? — volta a perguntar.
Respiro fundo. É a mesma idiotice de sempre.
— Ouço vozes — digo.
— E que mais?
— Vejo diabos nas paredes.
— Hum! — ele faz. — Você fala com esses diabos?
— Não.
— O que mais você tem?
— Cansaço.
— Hum!

Escreve por um bom momento. Escreve, escreve, escreve. Tira os óculos escuros e me fita. Em seus olhos não há o menor interesse por mim.

— Qual sua idade, William?
— Trinta e oito.
— Hum!

Olha para minha roupa, meus sapatos.

— Sabe que dia é hoje?
— Hoje? — digo perturbado. — Sexta.
— Sexta o quê?
— Sexta... catorze.
— De que mês?
— Agosto.

Volta a escrever. Enquanto escreve, revela com voz impessoal:

— Hoje é segunda, vinte e três de setembro.

Escreve um pouco mais.

— O.k., William. Isso é tudo.

Levanto e saio de novo para a varanda. Chegando lá, tenho uma surpresa. O Negro veio da distante Miami Beach me visitar. Tem um livro na mão que estende para mim, à maneira de cumprimento. É *O tempo dos assassinos* de Henry Miller.

— Tenho medo que te faça mal — diz ele.
— Deixe de gozação! — respondo.

Pego-o pelo braço e levo-o até um carro todo arrebentado que fica na garagem da *boarding home*. É um carro dos anos 1950 pertencente ao sr. Curbelo. Um dia parou para sempre, e o sr. Curbelo o deixou ali, na *boarding home*, para que acabasse de se desmanchar, lentamente, junto com os loucos. Entramos no carro e sentamos no banco de trás, entre molas enferrujadas e pedaços de estofado sujo.

— O que há de novo? — pergunto ansiosamente ao Negro. Ele é meu contato com a sociedade. Vai a reuniões de intelectuais cubanos, conversa sobre política, lê jornal, assiste televisão e, depois, cada uma ou duas semanas, vem me ver para transmitir a essência de suas andanças pelo mundo.

— Tudo igual — diz o Negro. — Tudo igual... Bem! — diz de repente. — Truman Capote morreu.

— Eu sei.

— Então mais nada — diz o Negro. Tira um jornal do bolso e passa para mim. É o *Mariel*, editado por jovens cubanos no exílio.

— Tem um poema meu aí — diz o Negro. — Na página 6.

Procuro a página 6. O poema que se chama "Sempre há luz nos olhos do diabo". Lembra Saint-John Perse. Digo isso a ele. Fica lisonjeado.

— Me lembra "Chuvas" — digo.

— Também acho — diz o Negro.

Depois olha para mim. Estuda minha roupa, meus sapatos, meus cabelos sujos e revoltos. Meneia a cabeça desaprovando.

— Willy — diz então —, você devia se cuidar mais.

— Estou muito acabado, é?

— Ainda não — responde. — Mas trate de não cair mais.

— Vou me cuidar — digo.

O Negro me dá um tapa no joelho. Percebo que já vai. Tira um maço de Marlboro pela metade e me entrega. Depois tira um dólar e também me dá.

— É tudo o que tenho — diz.

— Eu sei.

Saímos do carro. Um louco vem nos pedir cigarro. O Negro lhe dá um.

— Adeus, doutor Jivago — me diz sorrindo. Vira as costas e vai embora.

Volto novamente à varanda. Quando vou entrando, me chamam ao refeitório. É Arsenio, o segundo chefe da *boarding home*. Está sem camisa e oculta debaixo da mesa uma lata de cerveja; pois não fica bem que o psiquiatra que hoje visita o asilo o veja beber.

— Venha cá — diz e aponta para uma cadeira.

Entro. Além dele e de mim, não há ninguém no refeitório. Olha para os livros que trago e põe-se a rir.

— Escute... — diz, bebendo da lata. — Já te observei bastante.

— É? E a que conclusão chegou?

— Que você não está louco — diz, sem parar de sorrir.

— E em que escola de psiquiatria você estudou? — pergunto, irritado.

— Em nenhuma — responde. — O que tenho é psicologia da rua. E repito que você, você!, não está louco. Vamos ver — diz em seguida —, pegue este cigarro e queime a língua.

Sua idiotice me dá nojo. Seu corpo cor de café aguado, sua enorme cicatriz que vai do peito ao umbigo.

— Viu? — diz, tomando um gole de cerveja. — Viu como você não está louco?

E depois sorri com sua boca cheia de dentes apodrecidos. Saio dali. A faxina terminou e já se pode entrar. Os loucos veem televisão. Atravesso a sala e entro finalmente no meu quarto. Bato a porta com força. Estou indignado e não sei por quê. O louco que trabalha na pizzaria ronca em sua cama como uma serra cortando madeira. Fico ainda mais indignado. Vou até ele e lhe dou um pontapé no traseiro. Ele acorda assustado e se encolhe num canto.

— Escute aqui, seu filho de uma cadela — eu lhe digo. — Pare de roncar!

Ao ver seu medo, minha cólera se alivia. Sento na cama. Estou fedendo. Pego então a toalha e o sabonete e saio em direção ao banheiro. No caminho vejo Reyes, o velho caolho, que urina às escondidas num canto. Olho para todos os lados. Não vejo ninguém. Vou até Reyes e o agarro com força pelo pescoço. Dou-lhe um chute nos testículos. Bato sua cabeça contra a parede.

— Desculpe... desculpe... — diz Reyes.

Olho com nojo para ele. Sangra na testa. Sinto, ao vê-lo, um estranho prazer. Pego a toalha, torço, e dou com ela uma chicotada em seu peito esquelético.

— Tenha piedade... — implora Reyes.

— Não mije mais! — digo com furor.

Ao virar a cara para o corredor, vejo que Arsenio está ali, encostado na parede. Viu tudo. Sorri. Deixa a lata de cerveja num canto e me pede emprestada a toalha. Dou-a. Ele a torce bem. Faz com ela um chicote perfeito e com todas as suas forças também o abate nas costas de Reyes. Uma, duas, três vezes, até o velho cair no canto, ensopado de urina, sangue e suor. Arsenio me devolve a toalha. Sorri outra vez para mim. Pega a lata de cerveja e volta a sentar no escritório. O sr. Curbelo já se foi. Arsenio volta agora a ser o chefe da *boarding home*.

Sigo para o banheiro. Entro. Passo o trinco na porta e começo a tirar a roupa. Minha roupa fede. Mas minhas meias fedem mais. Pego-as, cheiro seu profundo fedor de lodo e jogo-as na cesta de lixo. Eram as únicas meias que eu tinha. Agora vou andar sem meias pela cidade.

Entro no chuveiro, abro e me enfio debaixo da água quente. Enquanto a água escorre pela minha cabeça e pelo meu corpo, sorrio pensando no velho Reyes. A cara que fez ao apanhar, os tremores do seu corpo esquelético, as súplicas de perdão me divertem. Depois caiu em sua própria urina e dali pediu piedade. "Piedade!" Ao me lembrar, meu corpo estremece outra vez de prazer. Ensaboo-me bem, usando como bucha minha cueca. Depois me enxaguo e fecho a torneira. Enxugo-me. Ponho a mesma roupa. Saio. Na sala, os loucos continuam assistindo televisão. O aparelho funciona mal e só se veem cores piscando, mas eles continuam ali, olhando para a tela, sem se incomodar com a falta de imagens. Vou para meu quarto e deixo lá a toalha e o sabonete. Saio me penteando em direção à sala. Os loucos continuam ali, olhando estáticos para a tevê quebrada. Eu me ajoelho na frente do aparelho e o conserto. Aparece o noticiário das seis da tarde. Sento na poltrona desconjuntada e estendo os pés numa cadeira vazia. O locutor diz alguma coisa sobre dez guerrilheiros mortos em El Salvador. Então Eddy, o louco versado em política internacional, entra em contato com a realidade.

— Isso! — grita. — Dez comunistas mortos! Cem é o necessário! Mil! Um milhão de comunistas mortos! O que é preciso fazer é ter colhões e arrasar. Primeiro o México. Depois o Panamá. Depois, Venezuela e Nicarágua. E depois limpar os Estados Unidos, que estão infestados de comunistas. Eles tiraram tudo de mim! Tudo!

— De mim também — diz Ida, a grande dama arruinada. — Seis casas, uma farmácia e um edifício de apartamentos.

Então, Ida se vira para Pino, o louco silencioso, e pergunta:

— E você, Pino, o que tiraram de você?

Mas Pino não responde. Olha para a rua e permanece calado, sem pestanejar.

Então, aparece na sala Castaño, o velho centenário que anda se apoiando nas paredes. Suas roupas, como as de Reyes, o caolho, e de Hilda, a velha decrépita, estão impregnadas de urina.

— Quero morrer! — grita Castaño. — Quero morrer!

René, o mais moço dos dois retardados mentais, agarra-o pelo pescoço, sacode-o com força e leva-o de volta para o quarto dele, dando-lhe chutes no traseiro.

— Quero morrer! — ouve-se outra vez a voz do velho Castaño.

Até que René, batendo a porta do quarto, sepulta seus gritos. Napoleão, um anão de quatro pés de altura, gordo e maciço como uma pera de boxe, chega até onde estou. No alto desse corpo de anão, a curiosa natureza pôs uma cara de cavaleiro medieval. Seu rosto é de uma beleza trágica e seus olhos, enormes e saltados, olham sempre com expressão de profunda submissão. É colombiano, e sua forma de falar também é submissa, como a fala de quem nasceu para obedecer.

— Senhor, senhor... — ele me diz. — Aquele! — E aponta para um louco chamado Tato, cuja cara parece a de um velho boxeador. — Aquele pegou no meu pau!

— Não diga merda — diz Tato.

— Pegou no meu pau — sustenta Napoleão. — Ontem, no meu quarto, ele entrou de noite e pegou no meu pau!

Olho para Tato. Não tem jeito de homossexual. No entanto, as palavras do anão o fazem suar de vergonha. Sua. Sua. Sua. Sua tanto que em três minutos seu suéter branco fica transparente.

— Não leve a sério os loucos daqui — ele me diz — ou acaba ficando louco também.

— Pegou no meu pau! — Napoleão continua dizendo.

Então Tato levanta da sua cadeira, ri, de repente, de uma maneira incompreensível, e me diz com toda calma:

— Foi o que disseram a Rocky Marciano no oitavo round, e ele levantou e nocauteou Joe Wolcox. De modo que... a vida é uma merda! — E vai embora.

Ida, a grande dama arruinada, olha com indignação para mim:

— O que a gente tem de ver! — diz. — O que a gente tem de ouvir!

Termina o noticiário da televisão. Levanto. Chamam para comer.

A mulata Caridad serve a comida. Ela também cumpriu pena, lá em Cuba, por ferir o marido com uma facada. Mora em frente à *boarding home*, com um novo marido e dois enormes cães de raça. Alimenta os cachorros com a comida da *boarding home*. Não as sobras, mas a comida quente que tira do rancho diário dos loucos. Os loucos sabem disso e não protestam. E, se protestam, a mulata Caridad os manda para a puta que pariu com toda naturalidade. E não acontece nada. O sr. Curbelo nunca fica sabendo. E, se fica, diz, como sempre: "Esses empregados gozam da minha absoluta confiança. De modo que nada disso é verdade". E os loucos perdem outra vez, e compreendem que aqui o melhor é calar. A mulata Caridad queria fazer a sopa todos os dias para que o sr. Curbelo lhe pagasse mais trinta dólares. Por isso diz aos loucos o tempo todo: "Queixem-se! Protestem! É impossível comer as ervilhas de hoje! É verdade, vocês não têm mesmo vergonha na cara!".

Mas nenhum louco protesta, e Curbelo, para economizar seus dólares, continua fazendo a sopa todos os dias com sua cara de pau de velho burguês.

— Quer mudar de mesa? — Caridad me pergunta na hora de comer.

— Sim.
— Não gosta desses loucos nojentos?
— Não.
— Venha — diz. — Sente-se aqui. — E com um sopapo tira Napoleão, o anão, da sua cadeira e me faz sentar. Assim, parei de sentar na mesa dos intocáveis, onde estão Hilda, Reyes, Pepe e René. Estou agora numa mesa com Eddy, Tato, Pino, Pedro, Ida e Louie. Naquela tarde teve arroz, lentilha crua, três folhinhas de alface e salada de frutas. Comi três colheradas e cuspi a quarta no prato. Saí. Ao passar pelo escritório do sr. Curbelo, vejo Arsenio comendo lá. Come numa bandeja de plástico, trazida de um boteco próximo. Come com garfo e faca, e sua comida é arroz amarelo, carne de porco, aipim e tomate vermelho. E cerveja também.

— Ei — Arsenio me diz quando passo perto dele. — Sente-se ali.

Sento-me. Ele me diz com a mão que o espere terminar de comer. Espero. Termina de comer. Pega os restos e joga fora, junto com a bandeja, num cesto de lixo. A lata de cerveja vazia, também. Arrota. Olha para mim com olhos extraviados. Puxa um maço de cigarros e me dá um. Fumamos. Ele me diz então:

— Bem... vamos ao assunto... Quer ser meu ajudante aqui?

— Não — digo. — Não me interessa.
— Vai ser bom para você — avisa.
— Não me interessa.
— Bom... — diz. — Amigos?
— Amigos — digo.

Estende a mão.

— Eu sou como sou — diz. — Puxo fumo, tomo cerveja, cheiro cocaína, faço de tudo! Mas sou homem.

— Entendo — digo.

— Vejo você dar um pau no velho caolho e estou cagando para isso. Agora espero o mesmo de você. Tudo o que você me vir fazendo aqui, fica entre homens. Entendido?

— Entendido — digo.

— Máfia?

— Máfia — respondo.

— Bom — sorri.

Levanto dali. Vou até o quarto. Jogo-me na cama. Não gosto do que acaba de acontecer. Lamento ter batido no velho caolho. Mas agora é tarde. Deixei de ser uma testemunha e começo a ser um cúmplice das coisas que acontecem na *boarding home*.

Adormeci. Sonhei que corria nu por uma grande avenida e que entrava numa casa cercada por um belo jardim. Era a casa do sr. Curbelo. Toquei a campainha e sua mulher abriu. Era uma mulher apetitosa. Deixou-se abraçar e beijar por mim. Ela me disse: "Dou a você tudo o que quiser. Meu nome é Necessidade".

— Vou te chamar de Necessa — disse. E gritei forte: — Necessa!

Então chegou Curbelo em seu automóvel cinzento. Tentei escapar pelo jardim, mas ele me agarrou pelo braço. Meu corpo estava cheio de escamas brancas.

— Aqui! — gritou Curbelo. E apareceu no jardim um carro de polícia. Aí acordei.

Devia ser meia-noite. O louco que trabalha na pizzaria ronca como um porco. Saio, sem camisa, em direção à sala. Nela encontro Arsenio e Ida, a grande dama arruinada. Arsenio está com a mão no joelho dela. Enfia a língua em seu ouvido. Ida resiste. Ao me ver, resiste mais. Passo por eles e sento na poltrona desconjuntada.

— Arsenio... — diz Ida com voz indignada —, amanhã vou contar tudo ao senhor Curbelo.

Arsenio cai na risada. Apalpa seu seio flácido. Aperta-a contra si.

— Mas, homem de Deus! — diz Ida. — Você não se dá conta de que sou uma velha?

— É como bacalhau — diz Arsenio. — Quanto mais velho, melhor.

Então olha para mim. Percebe que estou olhando para ele e me diz, já com familiaridade:

— Máfia!

— Máfia — digo. Acendo um cigarro e me recosto no espaldar da poltrona.

— Me largue, Arsenio — suplica Ida. Mas Arsenio ri. Enfia a mão debaixo do vestido da velha. Beija-a na boca.

— Por favor... — diz Ida.

— Largue-a — digo então. — Largue-a já.

— Máfia? — pergunta Arsenio.

— Sim, sou da sua máfia, mas largue logo a coitada da velha.

Arsenio ri. Inesperadamente, ele a larga. Ida se afasta rapidamente e se tranca em seu quarto. Ouço-a passar o trinco por dentro.

— Eu sou um animal, como você — digo então olhando para o teto. — Eu sou um animal como você...

Arsenio se levanta. Vai para seu quarto. Atira-se na cama.

— Máfia! — diz de lá. — A vida toda é uma grande máfia! Mais nada.

Fico sozinho. Fumo meu cigarro. Aparece Tato, o boxeador homossexual. Senta-se à minha frente numa cadeira. Um raio de luz banha seu rosto todo esburacado.

— Ouça isto — ele me diz. — Ouça esta história. Que é a minha história. A história de um vingador da tragédia dolorosa. A tragédia do melodrama final que não tem perspectivas. A coincidência fatal da tragédia sem fim. Ouça isto, que é a minha história. A história do imperfeito que se acreditava perfeito. E o trágico final da morte, que é a vida. O que acha?

— Bom — digo.

— Para mim chega! — diz e vai embora.

Adormeço.

Sonhei com Fidel Castro. Ele estava refugiado numa casa branca. Eu atirava na casa com um canhão. Fidel estava de cueca e camiseta. Faltavam-lhe alguns dentes. Ele me insultava das janelas. Dizia: "Seu merda! Nunca vai me tirar daqui!". Eu me desesperava. A casa estava em ruínas, mas Fidel continuava lá dentro, movendo-se com a agilidade de um gato montês. "Não vai me tirar daqui!", gritava com voz afônica. "Não vai me tirar!" Era o último reduto de Fidel. E, apesar de ter passado o sonho todo atirando projéteis nele, não consegui tirá-lo daquelas ruínas. Acordei. Já é de manhã. Vou ao banheiro. Urino. Depois lavo a cara com água fria. Saio assim, pingando água, para o café da manhã. Tem leite frio, cornflakes e açúcar. Tomo só leite. Volto à televisão e a ligo. Acomodo-me de novo na poltrona desconjuntada. Aparece na tela o pregador americano que fala de Jesus.

— Você que está na frente da televisão — diz o pregador. — Venha agora para os braços do Senhor!

Engulo em seco. Fecho os olhos. Procuro imaginar que sim, que tudo o que ele diz é verdade.

— Oh, Deus! — digo. — Oh, Deus, me salve!

Durante dez ou doze segundos permaneço assim, de olhos fechados, esperando o milagre da salvação. Então Hilda, a velha decrépita, toca em meu ombro.

— Tem um cigarrinho?

Eu lhe dou.

— O senhor tem olhos muito, muito lindos! — ela me diz com voz doce.

— Obrigado.

— Não há de quê.

Levanto. Não sei o que fazer. Sair à rua? Trancar-me no quarto? Sentar na varanda? Saio outra vez à rua. Para o norte? Para o sul? Que importância tem! Avanço até a Flagler Street e depois viro à esquerda, em direção ao *west*, onde vivem os cubanos. Avanço, avanço, avanço. Passo por dezenas de armazéns, cafés, restaurantes, barbearias, lojas de roupa, lojas de artigos religiosos, tabacarias, farmácias, casas de penhor. Tudo nas mãos de cubanos pequeno-burgueses que chegaram quinze ou vinte anos atrás, fugindo do regime comunista. Paro diante do espelho de uma loja e penteio o cabelo palhoso e desgrenhado com os dedos. Então, parece-me que alguém grita para mim: "Filho da puta". Viro a cara enfurecido. Na calçada só há um velho cego que anda com uma bengala. Avanço mais um pouco pela Flagler Street. A última moeda que eu tinha se vai num gole de café. Vejo um cigarro no chão. Eu o cato e levo aos lábios. Três mulheres que trabalham numa cafeteria põem-se a rir. Imagino que me viram catar o cigarro e fico furioso. Imagino que uma delas diz: "Lá vai ele! O judeu errante!". Saio dali. O sol esquenta duramente minha cabeça. Grossas gotas de suor correm como lagartixas pelo meu peito e por minhas axilas. Avanço. Avanço. Avanço. Sem olhar para nenhum ponto preciso. Sem procurar nada. Sem me dirigir a lugar nenhum. Entro numa igreja chamada São João Bosco. Há silêncio e ar-condicionado. Olho ao redor. Três fiéis rezam ao pé do altar. Uma velha para diante de uma imagem de Jesus e toca seus pés. Depois tira fora um dólar e o deposita numa caixa de esmolas. Acende uma vela. Ora em voz baixa. Ando por um corredor e sento num banco, no fundo da igreja. Pego o livro dos poetas românticos ingleses e abro ao acaso. É um poema de John Clare, nascido em 1793 e falecido em 1864, no manicômio de Northampton.

> *Eu sou, mas sou o quê. Quem se importa ou sabe?*
> *Meus amigos me deixam, se perdem como a memória.*
> *Eu sou o próprio consumidor dos meus pesares*
> *que chegam e se vão — hoste desmemoriada —,*
> *sombras de vida que ficaram sem alma.*

Levanto. Saio da igreja pela parte de trás. Caminho pela Flagler Street outra vez. Passo por novas barbearias, novos restaurantes, novas lojas de roupa, farmácias e drogarias.

Avanço, avanço, avanço. Meus ossos doem, porém avanço mais. Até parar na Avenida 23. Abro os braços. Olho para o sol. Está na hora de voltar para a *boarding home*.

Acordei. Passou um mês desde que estou aqui, na *boarding home*. Meu lençol continua sendo o mesmo, minha fronha também. A toalha que o sr. Curbelo me deu no primeiro dia agora está emporcalhada e úmida e com forte fedor de suor. Pego-a e passo-a no pescoço. Vou ao banheiro me lavar e urinar. Chego ao banheiro. Urino numa camisa xadrez que algum louco jogou na privada. Depois vou até a pia e abro uma das torneiras. Esfrego a cara com água fria. Seco-me com a toalha emporcalhada. Volto para o quarto e sento na cama. O louco que vive a meu lado ainda dorme. Dorme nu e seu sexo enorme tem uma ereção. A porta se abre e entra Josefina, a empregada. Cai na gargalhada ao ver o sexo do louco. "Parece uma lança", diz. E chama Caridad, que está na cozinha. Caridad chega e também espia da porta. As duas mulheres olham em silêncio para o sexo do louco. Então, Caridad pega minha toalha imunda e faz com ela um rebenque. Ergue-o e deixa-o cair com força no sexo do louco. Este dá um pinote na cama e grita:

— Querem me matar!

As duas mulheres caem na gargalhada.

— Esconda esta tripa, sem-vergonha — diz Caridad. — Vou cortá-la!

As duas mulheres vão embora falando do sexo do louco.

— É uma lança — diz Josefina com admiração.

Saio atrás delas em direção ao refeitório, onde Arsenio serve o café da manhã. Tomo um copo de leite frio com rapidez e volto à sala de televisão para ver meu pregador favorito.

Há uma louca sentada em frente ao aparelho. Deve ter minha idade. Seu corpo, que se percebe ultrajado pela vida, ainda conserva algumas curvas. Sento a seu lado. Olho em volta. Não há ninguém. Todos estão no café da manhã. Estendo a mão até a louca e a ponho num joelho.

— Sim, meu céu — diz ela, sem olhar para mim.

Subo a mão e chego às coxas. Ela me deixa fazer sem protestar. Acho que o pregador da tevê está falando agora dos coríntios, de Paulo, de tessalonicenses.

Subo a mão mais um pouco e chego ao sexo da louca. Aperto.

— Sim, meu céu — diz ela, sem parar de olhar para a televisão.

— Como você se chama? — pergunto.

— Francis, meu céu.

— Quando chegou?

— Ontem.

Começo a acariciar seu sexo com as unhas.

— Sim, meu céu — diz ela. — Tudo que você quiser, meu céu.

Percebo que está tremendo de medo. Desisto de tocá-la. Ela me dá pena. Pego sua mão e a beijo.

— Obrigada, meu céu — diz com uma vozinha apagada.

Entra Arsenio. Terminou de servir o café e vai até a

televisão com sua costumeira lata de cerveja. Bebe. Olha para a nova louca com ar divertido.

— Máfia — me diz então. — O que acha da nova aquisição?

Põe um pé descalço no joelho de Francis. Depois introduz a ponta desse pé entre as coxas da mulher, tentando penetrar em seu sexo.

— Sim, meu céu — diz Francis, sem parar de olhar para a tevê. — Tudo o que vocês quiserem, meus céus.

Treme. Treme tanto que parece que os ossos dos ombros vão se destroncar. O pregador está falando agora de uma mulher que teve uma visão do paraíso.

— Havia cavalos lá... — diz ele. — Mansos cavalos que pastavam num gramado sempre sedoso, sempre verde...

— Máfia! — grita Arsenio para o pregador da tevê. — Até você é da máfia!

Toma um novo gole de cerveja e sai.

Francis fecha os olhos, ainda tremendo. Reclina a cabeça sobre o encosto do sofá. Olho ao redor, não há ninguém. Levanto da cadeira e monto em cima dela suavemente. Ponho minhas mãos em torno do seu pescoço e começo a apertar.

— Sim, meu céu — diz ela de olhos fechados.

Aperto mais.

— Continue, meu céu.

Aperto mais. Seu rosto se tinge de um vermelho intenso. Seus olhos se enchem de lágrimas. Mas permanece assim, mansa, sem protestar.

— Meu céu... meu céu — diz com um fio de voz.

Então paro de apertar. Suspiro fundo. Olho para ela.

Sinto pena outra vez. Pego sua mão esquálida e cubro-a de beijos. Ao vê-la assim, tão indefesa, tenho vontade de abraçá-la e chorar. Ela fica imóvel, com a cabeça reclinada sobre o encosto do sofá. De olhos fechados. Sua boca treme. Suas bochechas também. Saio dali.

O sr. Curbelo chegou e fala com um amigo ao telefone.

Quando fala ao telefone, o sr. Curbelo empurra a cadeira para trás e põe os pés em cima da mesa. Parece um sultão.

— A competição foi ontem — diz o sr. Curbelo ao amigo pelo aparelho. — Fiquei em segundo lugar. Desta vez atirei com um arbalete de seis elásticos. Pesquei uma garoupa de vinte e dois quilos!

Nesse momento, Reyes, o velho caolho, vai até Curbelo e pede um cigarro.

— Xô, xô! — o sr. Curbelo o espanta com a mão. — Não vê que estou trabalhando?

Reyes recua até o corredor. Esconde-se atrás de uma porta. Olha para todos os lados com seu único olho e, seguro de que ninguém o vê, tira fora o pênis e começa a urinar no chão. É a vingança de Reyes. Urinar. E podem chover nele as porradas mais brutais, que ele sempre urinará no quarto, na sala e na varanda. As pessoas se queixam com o sr. Curbelo, mas este não o expulsa da *boarding home*. Reyes, segundo ele, é um bom cliente. Não come; não pede seus trinta e oito pesos; não exige toalha nem lençol limpos. Só sabe beber água, pedir cigarros e urinar. Vou para meu quarto e me jogo na cama. Penso em Francis, a louquinha novata que por pouco não enforco faz uns minutos. Eu me indigno comigo mesmo ao recordar seu rosto indefeso, seu corpo trêmulo, sua voz apagada que nunca pediu perdão.

— Continue, meu céu, continue...

Meus sentimentos para com ela são um misto confuso de piedade, ódio, ternura e crueldade.

Arsenio entra no quarto e se deixa cair numa cadeira ao lado da minha cama. Tira uma lata de cerveja do bolso e começa a beber.

— Máfia... — me diz, olhando por cima da minha cabeça em direção à rua. — O que é a vida, Máfia?

Não respondo. Ergo-me na cama, também olho pela janela. Passa um homossexual vestido de mulher. Passa um carro preto, esportivo, com o rádio a todo volume. O escandaloso rock invade a rua por uns segundos. Depois vai se apagando, à medida que o carro se afasta. Arsenio vai até o gaveteiro do louco que trabalha na pizzaria e começa a revistar seus pertences. Tira uma camisa e uma calça sujas e as joga no chão. Encontra uma gaveta trancada com cadeado, mas saca uma chave de parafuso do bolso e a introduz entre o cadeado e a madeira. Puxa com força. Os parafusos cedem. Arsenio abre a gaveta e procura ansiosamente entre papéis, sabonetes e escovas do louco. Por fim tira fora uma carteira de couro. Abre-a e pega uma nota de vinte pesos. É o que o louco ganhou em seis dias de trabalho. Mostra o dinheiro para mim. Sorri. Beija-o.

— Esta noite vamos comer bem — diz. — Pizza, cerveja, cigarros e café.

Olho para ele sem dizer nada.

— Máfia! — grita para mim com um sorriso. Toma um gole de cerveja e sai do quarto.

Fico sozinho. Não sei o que fazer. Olho pela janela. Passa um grupo de dez ou doze religiosos vestidos impolutamente de branco. Passa um coxo de muleta lançando maldições a um bêbado. Passa de novo o homossexual vestido de mulher, desta vez de braços dados com um negro enorme. E passam carros, carros, carros, com o rádio a todo volume. Saio do meu quarto sem rumo definido. O sr. Curbelo continua falando com seu amigo sobre a competição de ontem.

— Ganhei uma placa — diz. — Pendurei-a com as outras na parede da sala.

A casa fede a urina. Sento na frente da tevê, outra vez ao lado de Francis. Pego sua mão. Beijo-a. Ela me olha com um sorriso trêmulo.

— Você se parece com ele — diz.

— Ele quem?

— O pai do meu filhinho — diz.

Levanto. Dou-lhe um beijo na testa. Aperto sua cabeça fortemente entre meus braços e permaneço assim vários minutos. Depois, quando minha ternura se esgota, torno a olhar para ela com irritação. Sinto novamente vontade de maltratá-la. Olho em volta. Não há ninguém. Ponho as mãos em seu pescoço e começo a apertar lentamente.

— Sim, meu céu, sim — diz, com um sorriso trêmulo.

Aperto mais. Aperto duro, com todas as minhas forças.

— Continue... continue... — diz, com um fio de voz.

Então solto. Ela perdeu os sentidos e cai de lado na cadeira. Pego seu rosto em minhas mãos e desato a beijá-la na testa com frenesi. Pouco a pouco recobra os sentidos. Olha para mim. Sorri fracamente. Para mim chega.

Saio dali. Passo pelo escritório do sr. Curbelo. Já parou de falar no telefone.

— William! — ele me chama. Vou até lá. Tira um frasco de comprimidos de uma gaveta e pega dois.

— Abra a boca — diz.

Abro. Joga os dois comprimidos dentro dela: *plac, plac*.

— Engula — diz.

Engulo.

— Posso ir embora?

— Pode. Procure Reyes e traga-o aqui para também tomar os dele.

Vou até o quarto de Reyes. Está deitado em cima de um lençol empapado de urina. Seu quarto fede a latrina.

— Escute, seu porco — digo, dando-lhe uma porrada na coluna. — Curbelo quer te ver.

— Eu? Eu?

— É, você, coisa imunda.

— Está bem.

Saio do quarto tapando o nariz. Vou até meu quarto e me jogo na cama. Olho para o teto azul, descascado, coberto de baratas diminutas. Este é meu fim. Eu, William Figueras, que li Proust completo quando tinha quinze anos, Joyce, Miller, Sartre, Hemingway, Scott Fitzgerald, Albee, Ionesco, Beckett. Que vivi vinte anos dentro de uma revolução sendo carrasco, testemunha, vítima. Bem.

Então alguém aparece na janela do meu quarto. É o Negro.

— Está dormindo?

— Não. Já vou.

Abotoo a camisa, aliso o cabelo com os dedos e saio ao jardim.

— Escute — diz o Negro ao me ver. — Se estava dormindo, continue a dormir!

— Não — digo. — Tudo bem.

Sentamos nuns degraus, ao pé de uma porta fechada. E aí trocamos um aperto de mãos efusivo.

— Como vai a vida em Miami? — pergunto.

— Tudo na mesma — diz o Negro. — Tudo na mesma. Bom! — lembra-se de repente. — Carlos Alfonso, o poeta, foi a Cuba. Esteve duas semanas lá.

— E o que ele diz? O que diz de Cuba?

— Diz que está tudo na mesma. As pessoas andam de jeans pela rua. Todo mundo de jeans!

Dou uma risada.

— E que mais?

— Que mais? Nada — diz o Negro. — Tudo na mesma. Tudo como deixamos cinco anos atrás. Salvo, talvez, Havana mais destruída. Mas tudo na mesma.

Então o Negro me olha fixamente e me dá um tapa no joelho.

— Willy! — diz. — Vamos embora daqui!

— Embora para onde? — pergunto.

— Para Madri. Para a Espanha. Vamos ver o Bairro Gótico de Barcelona. Vamos ver El Greco na catedral de Toledo!

Dou uma risada.

— Algum dia vamos sim — digo ainda rindo.

— Com cinco mil pesos, só isso — diz o Negro. — Cinco mil pesos! Vamos refazer toooodo o caminho que Hemingway fez em *O sol também se levanta*.

— Algum dia vamos — digo.

Ficamos uns segundos em silêncio. Vem um louco e nos pede um cigarro. O Negro lhe dá.

— Quero ver onde Brett... Lembra de Brett Ashley, não? A personagem feminina de *E agora brilha o sol*.

— Claro — digo. — Lembro sim.

— Quero ver onde Brett comeu; onde Brett dançou; onde Brett se envolveu com o toureiro — diz o Negro olhando para o horizonte com um sorriso.

— Você vai ver — digo. — Um dia você vai ver!

— Vamos estabelecer como meta dois anos — diz o Negro. — Em dois anos vamos para Madri.

— Está bom — digo. — Dois anos. Está bom.

O Negro torna a olhar para mim fixamente. Ele me dá um tapa afetuoso no joelho. Percebo que vai embora. Ergue-se, tira do bolso um maço de Marlboro quase cheio e me dá. Depois pega duas *quoras** e me dá também.

— Escreva alguma coisa, Willy — diz.

— Vou tentar — digo.

Dá uma risada. Vira as costas para mim. Começa a se afastar. Ao chegar à esquina, vira e grita algo. Parece ser o fragmento de um poema, mas só ouço as palavras "poeira", "silhuetas", "simetria". Mais nada.

Volto para dentro da *boarding home*.

Chegando ao meu quarto, eu me jogo de novo na cama e volto a adormecer. Sonhei desta vez que a Revolução tinha terminado e que eu voltava a Cuba com um gru-

---

* Moeda de 25 centavos de dólar. (N. T.)

po de velhos octogenários. Guiava-nos um velho de barba branca e comprida, munido de um longo cajado. A cada três passos nos detínhamos e o velho apontava com o cajado para um montão de escombros.

— Aqui era o cabaré Sans Souci — dizia então o velho.

Avançávamos mais um pouco e ele tornava a dizer:

— Aqui era o Capitólio Nacional — apontando agora para um terreno coberto de mato e cheio de cadeiras quebradas.

— Aqui era o Hotel Hilton — e o velho apontava para um montão de tijolos vermelhos.

— Aqui era o Paseo del Prado — e agora era a estátua de um leão semienterrada.

E assim seguimos por toda Havana. A vegetação cobria tudo, como na cidade enfeitiçada do conto da Bela Adormecida. Tudo estava envolto na atmosfera de silêncio e mistério que Colombo deve ter encontrado ao desembarcar pela primeira vez em terras cubanas.

Acordei.

Devia ser uma da manhã. Sento-me à beira da cama com um grande vazio no peito. Olho através da janela. Na esquina há três homossexuais vestidos de mulher à espera de homens solitários. Carros dirigidos por esses homens sem mulher passam devagar pela esquina. Levanto da cama abatido. Não sei o que fazer. O louco que trabalha na pizzaria dorme coberto com uma colcha grossa, apesar de o calor estar insuportável. Ronca. Tenho vontade de pular em cima dele e enchê-lo de porrada. Mas decido sair em direção à sala e sentar na velha poltrona desconjuntada. Saio. Ao passar pelo quarto de Arsenio ouço a voz de

Hilda, a velha decrépita, que protesta porque Arsenio está metendo nela pelo traseiro.

— Quieta! — diz Arsenio. Ouço os dois se debaterem. Chego à poltrona e me deixo cair pesadamente. Louie, o americano, está sentado num canto escuro da sala.

— *Let me alone!* — ele diz à parede, com sua voz carregada de ódio. — *I'm going to destroy you! Let me alone!*

Do quarto de Arsenio volta a chegar a voz desesperada da velha Hilda.

— Por aí não — diz ela. — Por aí não.

Entre as sombras aparece Tato, o ex-boxeador, só de cueca. Senta na minha frente e me pede um cigarro. Eu lhe dou. Acende com um isqueiro barato.

— Escute esta história, Willy — diz ele, soltando uma baforada. — Escute esta história, você vai gostar. Lá em Havana, nos tempos de Jack Dempsey, havia um homem que queria ser o vingador da humanidade. Chamavam-no de "o solitário do firmamento estrelado", "o rei do submundo", "o homem terrível".

Cala uns segundos e revela:

— Esse homem fui eu.

Solta um risinho incoerente e volta a perguntar:

— Gostou da minha história, Willy?

— Sim.

— É a história da vingança total. Da Humanidade completa. Da dor de um homem. Você se dá conta?

— Sim.

— Bem — diz se levantando. — Amanhã eu conto o segundo capítulo.

Dá uma longa tragada em seu cigarro e se perde novamente no escuro.

Faz calor. Tiro a camisa e ponho os pés sobre uma cadeira desconjuntada. Fecho os olhos, afundo o queixo no peito e permaneço assim vários segundos, submerso no enorme vazio da minha existência.

Pego uma pistola imaginária e levo-a à têmpora. Disparo.

— *Fuck your ass!* — grita Louie para seus fantasmas. — *Fuck your ass!*

Levanto. Volto lentamente para meu quarto. Na penumbra vejo duas baratas, grandes como duas tâmaras, fornicando no meu travesseiro. Pego a toalha, torço-a e deixo-a cair com força sobre elas. Escapam. Deixo-me cair na cama com as pernas abertas. Apalpo o sexo. Faz mais de um ano que não entro numa mulher. A última foi uma colombiana louca que conheci num hospital. Penso na colombiana. Lembro da forma inesperada como tirou o sutiã na minha frente, em seu quarto, e me mostrou os peitos. Lembro depois da forma descarada como puxou o lençol que a cobria e me mostrou o sexo. Depois abriu as pernas lentamente e me disse: "Vem".

Eu tinha medo, porque as enfermeiras do hospital entravam e saíam dos quartos constantemente. Mas o sexo pôde mais. Caí sobre ela. Entrei nela suave, docemente. Tinha uma bonita boca de puta.

Acordei. Já é de dia. Faz um calor asfixiante, mas o louco que trabalha na pizzaria dorme coberto com uma colcha grossa que fede a animal morto. Fito-o com ódio. Divirto-me uns segundos imaginando que descarrego um machado afiado na sua cabeça quadrada. Depois, quando meu ódio começa a me roer, eu me ponho de pé, pego minha toalha sebenta e um pedaço de sabonete e me dirijo para o banheiro. O banheiro está inundado. Alguém enfiou na privada uma jaqueta de couro. O chão está cheio de fezes, papéis e outras imundices. Saio em direção ao segundo banheiro, no outro corredor da *boarding home*. Estão todos lá, esperando: René, Pepe, Hilda, Ida, Pedro e Eddy. Louie, o americano, está dentro do banheiro há uma hora e não quer sair. Eddy bate na porta fortemente. Mas Louie não abre.

— *Fuck! Go to fuck!* — grita lá de dentro.

Então Pepe, o mais velho dos dois retardados mentais, solta um grito atroz, baixa as calças e defeca ali mesmo, no corredor, à vista de todos.

Eddy, o louco perito em política internacional, torna a esmurrar a porta do banheiro.

— *Let me alone, chicken!* — grita Louie lá de dentro.

Saio dali. Vou até o jardim e urino atrás de uma árvore. Depois lavo as mãos e o rosto numa torneira que há na parede. Entro outra vez na *boarding home*. Ouço o vozerio no banheiro, que continua. Dirijo-me para lá e chego na hora em que Eddy, o louco perito em política, arremete com todo o seu corpo contra a porta do banheiro e a abre, fazendo saltar a fechadura. Louie, o americano, está sentado na privada, limpando o traseiro com uma capa de chuva.

— É ele! — grita Eddy. — É ele que joga roupa e papelão na privada!

Louie uiva como um animal encurralado. Põe as calças rapidamente e arremete contra Eddy dando-lhe uma tremenda porrada na boca. Eddy cai no chão com a boca ensanguentada. Louie abre caminho aos empurrões entre os loucos e sai do tumulto em direção à sala. Uiva como um lobo enlouquecido.

— *Go for corn, chickens!* — diz da sala. Abre violentamente a porta, solta outra maldição e sai à rua, batendo a porta com tanta força que três ou quatro janelas de vidro caem no chão estilhaçadas.

— Filho de uma cadela! — berra Eddy, com a boca ensanguentada. — Agora sim, vão te botar para fora daqui.

Ida, a grande dama arruinada, se aproxima de mim com uma expressão indignada e me diz com ar confidencial:

— Curbelo não vai botar, não. Não vê que Louie recebe todos os meses um cheque de seiscentos pesos? Ele é o melhor cliente daqui. Mesmo que seja um louco assassino, não vão botá-lo para fora nunca.

Arsenio chega ao banheiro. Os gritos dos loucos o acordaram. Está com os olhos esgazeados, e seu cabelo de arame, comprido e eriçado, parece um enorme capacete de ferro. Olha com indiferença para o sangue no assoalho, a enorme porcaria de Pepe, a boca arrebentada de Eddy, a capa de chuva enfiada na privada. Nada daquilo é novo. Tudo faz parte da vida cotidiana da *boarding home*. Coça o peito robusto. Cospe no chão. Arrota. Dá de ombros e exclama:

— Vocês são mesmo uns animais!

Dá as costas a todo mundo e sai lentamente para a sala.

— Café da manhã! — grita de lá a plenos pulmões. E os loucos, empurrando-se uns aos outros, vão atrás dele até o refeitório. Não estou com vontade de tomar leite frio. Preciso de café. Procuro em meus bolsos. Tenho um só *dime*.

Vou para meu quarto e paro diante da cama do louco que trabalha na pizzaria. Pego sua camisa em cima do armário e revisto os bolsos. Depois pego a calça e faço a mesma coisa. Encontro uma *quora* e um maço de cigarros pela metade. Guardo tudo no bolso e saio em direção à cafeteria da esquina. No caminho encontro Louie, o americano, remexendo avidamente numa lata de lixo. Um pouco adiante, em plena rua, Hilda, a velha decrépita, levanta a saia e urina num ponto de ônibus. No banco do ponto, um jovem vagabundo dorme, com a cabeça recostada numa mochila imunda. Dois enormes cachorros atravessam a rua em direção à Flagler Street. Os carros passam correndo em direção ao Downtown. Chego à cafeteria e peço um café. Dão-me o café frio, porque sabem que vivo na *boarding home* e que não vou me queixar. Posso protestar, mas não protesto. Tomo o café de um gole. Pago e volto. Está na hora de ouvir meu pregador. Ligo então a tevê e me deixo cair na poltrona desconjuntada. O pregador aparece na tela. Fala de um astro de rock'n'roll que, no meio de um concerto, atirou a guitarra no chão e exclamou: "Salvai-me, Senhor!".

— É um astro conhecido — diz o pregador. — Não é preciso dizer nomes. Mas aquele homem... ainda jovem, atirou sua guitarra no chão e exclamou: "Salvai-me!". E eu disse: Satanás, imundice das trevas... a este que clamou por Ele, tu não enganarás mais! Aleluia!

O pregador chora. Seu auditório chora também.

— Ainda é tempo... — diz o pregador. — Ainda é tempo de vir ao Senhor.

Então um forte cheiro de água-de-colônia chega até

onde estou. Viro a cabeça e vejo Francis, a louquinha novata, sentada numa cadeira atrás de mim. Pintou o rosto cuidadosamente e usa um leve vestido azul que lhe dá um ar juvenil. Está muito bem penteada. Olho para suas pernas. Ainda são bonitas. Levanto do meu assento e vou até ela. Pego suas mãos e as examino com cuidado. São finas e limpas, mas suas unhas estão compridas demais e descuidadas. Então, abro sua boca com os dedos. Só lhe faltam alguns molares. Olho para todos os lados e não vejo ninguém. Os loucos ainda estão no café da manhã. Ajoelho-me no chão e levanto sua saia. Enfio a cabeça entre suas pernas. Está cheirosa. Sento-a de novo na cadeira. Tiro seus sapatos e examino seus pés. São pequenos e rosados e também têm cheiro de limpos. Levanto-me então. Abraço-a. Beijo-a no pescoço, nas orelhas, na boca.

— Francis — digo. — Oh, Francis!

— Sim, meu céu — diz ela.

— Oh, Francis!

— Sim, meu céu, sim...

Pego-a pela mão e a levo até seu quarto. É o quarto das mulheres e tem um ferrolho por dentro. Entramos. Passo o ferrolho. Levo-a delicadamente para a cama e tiro seus sapatos.

— Oh, Francis! — digo, beijando seus pés.

— Sim, meu céu.

Precipitadamente tiro sua calcinha. Abro suas pernas. Tem uma linda penugem castanha. Beijo-a ansiosamente. Enquanto a beijo, tiro fora meu sexo palpitante. Sei que, mal o puser no dela, ejacularei. Mas não importa.

— Francis... — digo. — Francis...

Começo a penetrá-la lentamente. Enquanto o faço, beijo-a desesperadamente na boca. Então meu corpo estremece até a raiz dos ossos, e uma onda de lava sai de minhas entranhas e a inunda por dentro.

— Sim, meu céu... — diz Francis.

E fico ali, como morto, com o ouvido grudado em seu peito. Sentindo que sua mão frágil dá batidinhas em minhas costas, como se eu fosse um bebê de meses que houvesse engasgado ao mamar.

— Sim, meu céu, sim...

Saio dela. Sento na beira da cama. Levo minha mão a seu pescoço finíssimo e aperto-o lentamente.

— Sim, meu céu, sim...

Fecho os olhos. Respiro forte. Aperto um pouco mais.

— Sim... sim...

Aperto mais. Até que sua cara se tinge de vermelho e seus olhos tornam a se encher de lágrimas.

— Oh, Francis! — digo, beijando-a suavemente na boca.

Levanto da cama e arrumo a calça. Ela arruma a roupa e também pula da cama, procurando seus sapatos com os pés. Saio do quarto e vou novamente para a poltrona desconjuntada ver de novo meu pregador. É o fim do programa. O pregador, sentado ao piano, canta um blues com uma esplêndida voz de negro.

Só há um caminho.
E não é fácil chegar.
Oh, senhor!
Eu sei.

Eu sei.
Eu sei que não é fácil chegar a ti.

O sr. Curbelo chegou às dez. Vai diretamente para a cozinha onde estão à sua espera Caridad, Josefina e outra empregada chamada Tia, que se encarrega ocasionalmente de dar banho nos anormais Pepe e René. Confabulam. Da varanda, vejo Curbelo falar com energia a seus empregados. Depois, bate palmas e todos se dispersam. De repente tudo é um grande corre-corre. Arsenio vai pelos quartos pondo grandes rolos de papel higiênico no pé das camas. A mulata Caridad manda Pino, o louco de recados, trazer urgentemente do armazém um pedaço de presunto para a sopa. Josefina, munida de um vassourão, corre pelos quartos tirando as teias de aranha do teto e dos cantos. A Tia, carregada de lençóis e toalhas limpas, vai com urgência pelos corredores mudando a roupa de cama suja e urinada. O próprio Curbelo, movendo-se com habilidade pela sala, dispõe no assoalho sujo e descascado tapetes novos, trazidos apressadamente de sua casa.

— Inspeção! — diz a Tia ao passar junto de mim. — Hoje vem uma inspeção do governo!

E põem toalhas nas mesas, instalam um bebedouro de água gelada, distribuem roupa limpa aos casos mais extremos, como Reyes, Castaño e Hilda. Jogam perfume nos móveis velhos e suados; e põem na mesa do refeitório talheres novos envoltos em finos guardanapos de pano na frente de cada cadeira.

— Velho pilantra! — diz a meu lado Ida, a grande dama arruinada, olhando com ódio como Curbelo manda, arruma, limpa, disfarça. — Ele é o mais repulsivo que tem aqui.

É o que acho. Eu também vejo com ódio esse velho balofo, com cara e voz de grande burguês, que se alimenta do pouco sangue que corre em nossas veias. Eu também penso que para ser dono desta *boarding home* é preciso ser feito da matéria das hienas ou dos urubus.

Ponho-me de pé. Não sei o que fazer. Lentamente me dirijo para meu quarto em busca do livro de poetas ingleses. Vou ler outra vez os poemas de John Clare, o poeta louco de Northampton. Ao entrar no corredor do meu quarto, encontro Reyes, o velho caolho, que urina como um cachorro assustado num canto. Ao passar por ele, levanto a mão e deixo-a cair fortemente em seu ombro esquelético. Ele estremece de pavor.

— Piedade... — diz. — Tenha piedade...

Olho com nojo para ele. Seu olho artificial está impregnado de uma remela amarelenta. Todo o seu corpo está empestado de urina.

— Que idade você tem? — pergunto.
— Sessenta e cinco anos — diz.
— O que você fazia antes, em Cuba?
— Era vendedor de roupas, numa loja.
— Você vivia bem?
— Vivia.
— De que modo?
— Tinha minha casa, minha mulher, um carro...
— O que mais?
— Aos domingos jogava tênis no Habana Yatch Club. Dançava. Ia a festas.

— Acredita em Deus?
— Acredito. Acredito em Nosso Senhor Jesus Cristo.
— Você vai para o céu?
— Acho que sim.
— Também vai se mijar lá?
Ele se cala. Depois olha para mim com um sorriso dolorido.
— Não seria capaz de evitar — diz.
Ergo novamente o punho e deixo-o cair sobre sua cabeça suja e despenteada. Gostaria de matá-lo.
— Tenha piedade, rapaz — diz, exagerando sua angústia. — Tenha piedade de mim.
— De que música você gostava mais quando era moço?
— "Blue moon" — responde sem hesitar.
Não falo mais. Dou as costas a ele e sigo para meu quarto. Chego à minha cama e procuro debaixo do travesseiro o livro de poetas românticos ingleses. Enfio o livro no bolso. Saio de novo em direção à varanda. Ao passar em frente ao quarto das mulheres, vejo Francis sentada na cama, desenhando alguma coisa num papel. Eu me aproximo. Ela para de desenhar e olha para mim com um sorriso triste.
— Bobagens — diz, mostrando seu trabalho.
Pego o desenho. É um retrato do sr. Curbelo. Está desenhado no estilo dos pintores primitivos. É muito bom. E reflete admiravelmente a mesquinhez e a pequenez espiritual do personagem. Não se esqueceu de desenhar o escritório, o telefone e o maço de Pall Mall que Curbelo sempre tem em cima da mesa. Tudo é exato. E tudo tem vida. Essa vida infantil, cativante, que somente um primitivo pode transmitir em seus desenhos.

— Tenho mais — ela diz, abrindo uma pasta. Pego todos. Folheio.

— É admirável! — digo.

Ali estão (estamos) todos os moradores da *boarding home*. Está Caridad, a mulata cujo rosto endurecido ainda conserva um remoto brilho de bondade. Está Reyes, o caolho, com seu olho de vidro e seu sorriso de raposa. Está Eddy, o louco versado em política internacional, com sua eterna expressão de impotência e raiva contida. Está Tato, com sua cara de boxeador grogue e seu olhar extraviado. E está Arsenio, com seus olhos diabólicos. E estou eu, com um rosto duro e triste ao mesmo tempo. É admirável! A alma de todos nós foi captada.

— Sabe que você é uma boa pintora?

— Não — diz Francis. — Falta-me técnica.

— Não — digo a ela. — Você já é pintora. Sua técnica é primitiva, mas é muito boa.

Tira seus desenhos das minhas mãos e guarda de volta na pasta.

— São bobagens — diz, com um sorriso triste.

— Escute... — digo, sentando a seu lado. — Juro que... escute bem: deixe eu dizer uma coisa e acredite em mim, por favor. Você é. Você é uma pintora tremenda. É o que eu digo. Estou aqui nesta *home* asquerosa e sou quase um espectro. Mas eu te digo que conheço pintura. Você é magnífica. Sabe quem foi Rousseau?

— Não — diz ela.

— Nem precisa saber — digo. — Você tem uma técnica parecida. Pintou a óleo alguma vez?

— Não.

— Aprenda a pintar a óleo — digo. — Dê cor a estes desenhos. Escute! — digo, agarrando-a com força pelo pescoço. — Você é uma boa pintora. Booooa.

Ela sorri. Aperto um pouco mais minha mão e seus olhos se enchem de lágrimas. Mas não para de sorrir. Sinto que uma onda de desejo me invade de novo. Solto-a. Vou até a porta do quarto e torno a passar o ferrolho. Chego até ela suavemente e começo a beijá-la nos braços, nas axilas, na nuca. Ela sorri. Beijo-a demoradamente na boca. Outra vez, deito-a na cama e ponho meu pênis para fora. Penetro-a lentamente, afastando sua calcinha diminuta com os dedos.

— Me mate — diz ela.

— Quer mesmo que eu te mate? — pergunto, afundando nela totalmente.

— Sim, me mate — diz.

Levo a mão ao seu pescoço e torno a apertá-lo com força.

— Filha da puta! — digo, enforcando-a e penetrando-a ao mesmo tempo. — Você é uma boa pintora. Desenha bem. Mas tem de aprender a dar cor. A dar cooor.

— Ai! — ela diz.

— Morra! — digo, sentindo outra vez me diluir suavemente entre suas pernas.

Ficamos assim um instante, derreados. Eu beijando sua mão fria. Ela brincando com meus cabelos. Levanto-me. Arrumo a camisa. Ela abaixa a saia e senta na beira da cama.

— Escute — digo a ela. — Quer dar uma volta comigo?

— Aonde, meu céu?

— Por aí!

— Tudo bem.

* * *

Saímos. Quando chegamos à rua, Francis vem para cima de mim e me pega pelo braço.
— Aonde vamos? — pergunta.
— Não sei.
Olho para um lado e para o outro. Depois aponto vagamente para um lugar que chamam de Pequena Havana. Saímos andando. Essa talvez seja a zona mais pobre do gueto cubano. Vive aqui grande parte daqueles cento e cinquenta mil que chegaram à costa de Miami no último e espetacular êxodo de 1980. Ainda não puderam erguer a cabeça, e pode-se vê-los a qualquer hora, sentados à porta das casas, vestindo shorts, camisetas coloridas e bonés. Usam grossas correntes de ouro no pescoço com imagens de santos, índios e estrelas. Bebem cerveja em lata. Consertam seus carros caindo aos pedaços e ouvem, horas a fio, em seus rádios portáteis, estrondosos rocks ou exasperantes solos de tambores.

Andamos. Ao chegar à rua 8, viramos à direita e avançamos para o coração do gueto. Armazéns, lojas de roupa, óticas, barbearias, restaurantes, cafés, casas de penhor, lojas de móveis. Tudo pequeno, quadrado, simples, feito sem artifícios arquitetônicos nem grandes preocupações estéticas. Feito para ganhar centavos e poder viver a duras penas essa vidinha pequeno-burguesa a que o cubano médio aspira.

Avançamos. Avançamos. Ao chegar ao pórtico de uma igreja batista, grande e cinzenta, sentamos ao pé de uma coluna. Pela rua passa uma manifestação de idosos em direção ao Downtown. Protestam por algo que não sei o que é. Empunham cartazes que dizem: "Chega"; e fazem tremular bandeiras cubanas e americanas. Alguém vem em nossa direção e nos dá uns papéis datilografados. Leio: "Chegou a hora. O grupo 'Cubanos Vingadores' se formou em Miami. A partir de hoje, preparem-se os indiferentes, os curtos de espírito, os comunistas solapados; esses que aproveitam da vida nesta cidade bucólica e hedonista, enquanto a Cuba infeliz geme nos grilhões. Os 'Cubanos Vingadores' mostrarão aos cubanos o caminho a seguir. Os 'Cubanos Vingadores'...".

Amasso o papel e jogo fora. Dou uma risada. Recosto-me numa coluna e olho para Francis. Ela se aproxima mais de mim e enfia seu ombro em minhas costelas. Pega meu braço e passa-o por cima do seu ombro. Aperto-a um pouco mais e lhe dou um beijo na cabeça.

— Meu céu — diz. — Você foi comunista algum dia?
— Fui.
— Eu também.
Calamos. Depois ela diz:
— No início.

Recosto a cabeça na coluna e canto em voz baixa o velho hino dos primeiros anos da revolução:

Somos as brigadas Conrado Benítez
Somos a vanguarda da revolução

Ela completa:

Com o livro no alto, cumprimos uma meta
Levar a toda Cuba a alfabetização...

Caímos na risada.

— Eu ensinei cinco camponeses a ler — confessa.

— É mesmo? Onde?

— Na Sierra Maestra — responde. — Num lugar que chamavam de El Roble.

— Eu estava perto dali — digo. — Ensinava outros camponeses em La Plata. Três montanhas depois.

— Quantos anos faz, meu céu?

Fecho os olhos.

— Vinte e dois, vinte e três anos — digo.

— Ninguém entende essa história — diz ela. — Eu a conto ao psiquiatra e ele só me dá comprimidos de Etrafon forte. Vinte e três anos, meu céu?

Olha para mim com olhos cansados.

— Acho que estou vazia — diz.

— Eu também.

Pego-a pelas mãos e nos levantamos. Um carro preto, conversível, passa à nossa frente. Um adolescente de Miami bota a cabeça para fora da janela e grita:

— Escória!

Mostro-lhe o dedo mais comprido da mão. Depois aperto as mãos de Francis e saímos andando de volta à *boarding home*. Estou com fome. Gostaria de comer, pelo menos, uma empanada de carne. Mas não tenho um centavo.

— Eu tenho dois *dimes* — diz Francis, desamarrando um lenço.

— Não adianta — digo. — Tudo neste país custa mais de vinte e cinco centavos.

Apesar disso, paramos diante de uma cafeteria chamada La Libertaria.

— Quanto custa a empanada? — pergunta Francis a um atendente velho que parece se chatear atrás do balcão.

— Cinquenta centavos.

— Ah!

Viramos as costas. Quando demos uns passos, o homem nos chama.

— Estão com fome?

— Sim — respondo.

— São cubanos?

— Sim.

— Marido e mulher?

— Sim.

— Entrem, vou lhes dar de comer.

Entramos.

— Meu nome é Montoya — diz o homem cortando dois grandes pedaços de pão e começando a enchê-los com fatias de queijo e de presunto. — Também já passei por maus pedaços neste país. Não digam a ninguém, mas este país é de-vo-ra-dor. Sou muito grato a ele, mas reconheço que é de-vo-ra-dor. Eu me chamo Montoya! — diz de novo, pondo agora duas grandes rodelas de pepino entre os pães. — Sou um velho revolucionário. Estive preso em todas as tiranias que Cuba sofreu. Em 33, em 55 e agora, a última, sob a foice e o martelo.

— Anarquista? — pergunto.

— Anarquista — confessa. — A vida toda. Combatendo ianques e russos. Agora estou muito tranquilo.

Põe os pães já preparados no balcão e nos convida a comê-los. Depois pega duas coca-colas e põe à nossa frente.

— Em 61 — diz, fincando os cotovelos no balcão —,

eu, Rafael Porto Penas, o Coxo Estrada e o falecido Manolito Ruvalcaba estivemos juntos no mesmo automóvel com Fidel Castro. Eu estava ao volante. Fidel estava sem guarda-costas. O Coxo Estrada olhou-o nos olhos com firmeza e perguntou: "Fidel... você é comunista?". E Fidel respondeu: "Cavalheiros, juro por minha mãe que não sou comunista e não serei nunca". Vejam só que tipo de pessoa!

Caímos na risada.

— A história de Cuba ainda não foi escrita — diz Montoya. — No dia que eu a escrever, o mundo se acaba!

Vai em direção a dois fregueses que acabam de chegar, e Francis e eu aproveitamos para comer nossos sanduíches. Durante vários minutos comemos e bebemos em silêncio. Quando acabamos, Montoya está de novo à nossa frente.

— Obrigado — digo.

Ele me estende a mão. Em seguida, estende-a a Francis.

— Vão a Homestead! — diz depois. — Estão precisando de gente lá para apanhar tomate e abacate.

— Obrigado — digo de novo. — Pode ser que vamos.

Saímos. Caminhamos em direção à rua Primera. Enquanto andamos, uma grande ideia percorre meu cérebro.

— Francis — digo, parando à altura da avenida 6.

— Diga, meu céu.

— Francis... Francis... — digo, encostando-me numa parede e achegando-a a mim suavemente. — Tive uma ideia magnífica.

— Qual?

— Vamos embora da *boarding home*! — digo, apertando-a contra meu peito. — Com o que nós dois recebemos do seguro social podemos viver numa casinha pequena e até poderíamos ganhar um pouco mais fazendo uns trabalhinhos simples.

Olha para mim, assombrada com a ideia. Seu queixo e sua boca começam a tremer levemente.

— Meu céu! — diz emocionada. — E posso trazer meu filhinho de New Jersey?

— Claro!

— E você vai me ajudar a criá-lo?

— Vou!

Aperta minhas mãos com força. Olha para mim com um sorriso trêmulo. Sua emoção é tanta que durante uns segundos não sabe o que dizer. Então perde a cor do rosto. Seus olhos viram e ela desmaia em meus braços.

— Francis... Francis! — digo, levantando-a do chão. — O que está acontecendo?

Dou algumas batidas em seu rosto. Lentamente, volta a si.

— É a ilusão, meu céu... A ilusão! — diz.

Ela me abraça com força. Olho para ela. Seus lábios, suas bochechas, seu rosto, tudo treme de uma maneira intensa. Põe-se a chorar.

— Não vai dar certo — diz. — Não vai dar certo.

— Por quê?

— Porque estou louca. Preciso tomar todos os dias quatro comprimidos de Etrafon forte.

— Eu te dou.

— Ouço vozes — diz. — Acho que todo mundo fala de mim.

— Eu também — digo. — As vozes que vão para o caralho!

Enlaço-a pela cintura. Lentamente começamos a caminhar para a *boarding home*. Um carro moderno passa por nós. Um sujeito de barba rala e óculos escuros bota a cabeça para fora da janela e grita para mim:

— Mande ela passear, rapaz!

Avançamos. Enquanto andamos vou planejando os passos que darei. Amanhã, dia 1º, chegam nossos cheques do seguro social. Falo com Curbelo e peço o meu e o de Francis. Depois pegamos as malas, chamo um táxi e vamos procurar uma casa. Pela primeira vez em muitos anos, um pequeno raio de esperança irrompe no enorme buraco do meu peito vazio. Sem perceber, estou sorrindo.

Entramos na *boarding home* pela varanda dos fundos, rodeada por escuras telas metálicas. Os loucos acabaram de comer e fazem a digestão ali, sentados nas cadeiras de madeira. Ao entrar na casa, Francis e eu nos separamos. Ela vai para o seu quarto e eu para o meu. Vou cantando uma velha canção dos Beatles chamada "Nowhere man".

He's a real nowhere man
Sitting in his nowhere land

Hilda, a velha decrépita, cruza meu caminho e me pede um cigarrinho. Eu lhe dou. Depois seguro sua cabeça e lhe dou um beijo na bochecha.

— Obrigada! — diz ela espantada. — É o primeiro beijo que me dão em muuuuitos anos.

— Quer outro?

— Sim.

Beijo-a de novo, na outra bochecha.

— Obrigada, homem — diz.

Sigo meu caminho, cantando "Nowhere man". Chego ao meu quarto. O louco que trabalha na pizzaria está na cama, contando um dinheiro.

— Escute — digo. — Preciso que você me dê um dólar.

— Um dólar, senhor William? Está louco!

Arranco a carteira de suas mãos. Procuro um dólar. Pego.

— Dê minha carteira — geme o louco.

Dou a carteira e passo-lhe o braço pelo ombro, com afeto.

— Um dólar, rapaz. Um mísero dólar — digo.

Ele olha para mim. Sorrio para ele. Dou-lhe um beijo no rosto. Ele também acaba rindo.

— O.k., senhor William — diz.

— Amanhã eu pago — digo.

Saio em direção à esquina. Vou comprar um jornal do dia para procurar em suas páginas de anúncios um bom apartamento para Francis e para mim. Um apartamento simples, de não mais de duzentos pesos. Estou alegre. Nossa, acho que estou alegre. Deixe eu dizer "acho". Deixe eu não provocar o demônio e atrair sobre mim a Fúria e a Fatalidade. Chego ao armazém da esquina. Pego um jornal na banca. Pago com o dólar.

— O senhor tem uma dívida pendente — diz a dona do armazém. — Cinquenta centavos.

— Eu? Quando?

— Faz um mês. Não se lembra? Uma coca-cola.

— Oh, como uma mulher tão linda como a senhora pode me dizer isso! Na certa é um engano.

Quando digo que é linda, sorri.

— Devo ter me confundido — diz então.

— Com certeza.

Olho para ela com um sorriso. Ainda posso enganar uma mulher. É fácil. É só lhe dedicar um pouco de tempo.

— Por que não pinta o cabelo de louro? — pergunto, continuando a brincadeira. — Se a senhora pintasse de louro ficaria mil vezes melhor.

— O senhor acha? — diz ela, passando a mão pelo cabelo.

— Com certeza.

Abre a caixa registradora. Guarda o dólar. Devolve-me setenta e cinco centavos.

— Obrigado — digo.

— Eu é que agradeço — diz ela. — A coca-cola deve ter sido uma confusão.

— Com certeza.

Saio dali com o jornal debaixo do braço, cantando em voz baixa "Nowhere man". Ao passar por um negro que olha para mim da porta de sua casa com olhos sinistros, digo a ele:

— Olá, conterrâneo!

Ele sorri.

— Pô, magrela. Como vai? Quem é você?

— O magrela — respondo. — Só o magrela.

— Pô, fico contente por ter mais um conterrâneo. Eu sou o Massa Limpa. Cheguei num barco faz cinco anos. Aqui estou. A casa é sua.

— Obrigado — digo. — Obrigado, Massa Limpa.

— Já sabe! — diz Massa Limpa, levantando o punho à guisa de cumprimento.

Sigo em direção à *boarding home*. Ao passar por uma casa rodeada por uma cerca alta, um cachorro preto, enorme, se precipita sobre mim e começa a latir enfurecido. Paro. Cuidadosamente estendo a mão por cima da cerca e acaricio sua cabeça. O cachorro late mais uma vez, confuso. Depois, senta nas patas traseiras e começa a lamber minha mão. Senhor da situação, eu me inclino sobre a cerca e lhe dou um beijo no focinho. Sigo meu caminho. Ao chegar à *boarding home* vejo Pedro, um índio silencioso que nunca fala com ninguém. Está sentado na porta da casa.

— Pedro — digo a ele. — Quer tomar um café?

— Quero — diz.

Dou uma *quora* para ele.

— Obrigado — diz, com um sorriso. É a primeira vez que vejo Pedro sorrir.

— Sou peruano — diz. — Do país do condor.

Entro. Vou para o quarto das mulheres e empurro suavemente a porta. Francis está na cama, desenhando. Sento junto dela e lhe dou um beijo no rosto. Ela larga o desenho e me pega pelo braço.

— Vamos procurar uma casa — digo.

Folheio a primeira página do jornal.

PEQUIM DESCARTA AS IDEIAS DE MARX COMO ANTIQUADAS.
PIRATAS DO AR MATARÃO MAIS REFÉNS.
EXONERADA MULHER QUE MATOU O MARIDO.

Chega. Procuro rapidamente a página de classificados e leio: "Apartamento mobiliado. Dois quartos. Terraço. Carpete. Piscina. Água quente grátis. Quatrocentos pesos".

— Este, meu céu! — diz Francis.

— Não. É muito caro.

Continuo procurando. Leio toda a coluna de aluguéis e ao terminar assinalo com o dedo.

— Este.

É na Flagler com a 16ª Avenida. Custa duzentos e cinquenta pesos. É para tratar pessoalmente com a dona. Uma senhora chamada Haidee que recebe interessados das nove às seis. São três da tarde.

— Vou lá agora mesmo — digo a Francis.

— Ai, meu Deus! — diz ela, apertando-se contra mim.

— Estou bem? — pergunto, alisando o cabelo com as mãos.

— Está — diz ela.

— Então vou falar com essa mulher — digo.

Levanto-me.

— Meu céu — diz Francis, procurando uma coisa em sua gaveta. — Pegue isto e ponha debaixo da língua quando for falar com essa senhora. Isto não falha.

— O que é?

— Canela em rama — diz. — Dá sorte.

Pego-a e guardo no bolso.

— Vou pôr — digo. Pego sua mão e a beijo. Saio em direção à rua. Ao passar por Pepe, o mais velho dos dois retardados, pego sua cabeça calva entre as mãos e dou um beijo nela. Ele pega minha mão.

— Você gosta de mim, menino? — pergunta.

— Claro que sim.

Pega minha mão e a beija.

— Obrigado, menino — diz emocionado.

— E eu? E eu? — diz René, o outro retardado, de sua cadeira.

— Você também — digo.

Ele se levanta e se aproxima de mim arrastando os pés. Abraça-me com força. Depois ri escandalosamente.

— E eu, William? — diz Napoleão, o anão colombiano. — Você gosta de mim? Sou digno do seu apreço?

— Claro — digo —, você também.

Ele então vem a mim e me abraça pela cintura.

— Obrigado, William — diz ele, com voz emocionada. — Obrigado por gostar de mim também; um pecador.

Dou uma risada. Solto-me do seu abraço. Saio em direção à Flagler Street.

Ao chegar à Flagler com a 8ª Avenida, um ianque velho, sentado numa cadeira de rodas, me pede um cigarro. Tem uma barba loura e suja, e veste farrapos. Falta-lhe uma perna.

Dou o cigarro.

— *Sit down here, just a minute* — diz, pegando-me pela mão.

Sento num banco, a seu lado.

— *Have a drink* — diz, tirando da barriga uma garrafa de vinho de ameixa.

— *No* — digo. — *I have to go.*

— *Have a drink!* — ordena com energia. Toma um longo gole e me passa a garrafa. Bebo. Gosto. Bebo outra vez.

— *Are you a veteran of the Vietnam war?* — pergunto.

— *No* — responde. — *I'm a veteran of the shit war.*

Dou uma risada.

— O.k. — digo. — *But may be you fought in the second war. Did you?*

— *Oh, yes!* — diz. — *I fought in the Madison Square Garden, and in Disneyland too.*

De repente se indigna:

— *Why you, cuban people, want to see all the time how brave we are? Go and fight your fucking mother.*

— *Sorry* — digo.

— *Don't worry* — diz, mais calmo. — *Have a drink.* — Toma um novo gole e me passa a garrafa. Tomo três longos goles.

Seu semblante se anima.

— *You are a nice fellow* — diz.

— *Thank you* — digo, pondo-me de pé. — *I have to go.*

Pego sua mão suja e aperto-a com força. Passa um caminhão dirigido por um negro americano com um enorme letreiro escrito com tinta vermelha: "THANK YOU BUDDY".

Solto a mão do ianque vagabundo e sigo meu caminho rumo à 16ª Avenida. Ao chegar à 12ª Avenida, alguém grita meu nome. Viro-me. A duras penas reconheço Máximo, um velho amigo que, como eu, passou por vários centros psiquiátricos. Emagreceu muito e veste uma roupa suja e esfarrapada. Está descalço.

— Máximo! — digo, apertando-lhe a mão. — O que aconteceu com você?

— Preferi fugir — disse. — Eu estava numa *home*, como você, e preferi fugir. Para a rua! Para onde for!

— Máximo — digo —, volte para lá, porra. Você está mal.

— Não me diga para voltar — diz, olhando-me iracundo nos olhos. — Vou pensar que você também está na conspiração para destruir minha vida.

— Que conspiração, Máximo?

— Essa conspiração — diz, fazendo um gesto com a mão que pretendia abarcar tudo. — Putas e veados! — diz. — Todo mundo, puta ou veado.

— Máximo... — mas não sei o que mais lhe dizer. Preferiu a rua. Optou por defender o que lhe resta de liberdade a viver numa *home* com outro Curbelo, outro Arsenio, outro Reyes, outros Pepes e Renés.

— Melhor você não dizer nada — diz ele. — Tem dinheiro para um café?

Tiro uma *quora* do bolso e dou a ele.

— Apesar de tudo — diz Máximo. — Apesar de tudo, eu não gostaria de voltar nunca mais para Cuba.

Encaro-o. Percebo que defende sua liberdade. Sua liberdade de vagar e se destruir lentamente. Mas sua liberdade. Abraço-o. Dou meia-volta e sigo meu caminho.

Ando várias quadras até parar, na altura da 16ª Avenida, diante de uma casa amarela de dois andares. Seu número corresponde ao do anúncio do jornal. A porta principal está aberta. Entro. Procuro o apartamento 6, onde a sra. Haidee mora. Tudo recende a tinta fresca. É agradável. Vou até a porta do número 6 e toco a campainha. Espero. Um cachorro late lá dentro. Depois a porta se abre e aparece uma mulher gorda, de uns cinquenta anos.

— Haidee? — pergunto. — Venho por causa do anúncio do jornal.

— Entre — diz, com voz agradável.

Entro. Sento num sofá. Ela senta à minha frente numa cadeira de vime. Estuda meu rosto.

— Você não é de Havana?

— Sou.

— Sua família não morava na rua San Rafael, perto do cinema Rex?

— Sim — digo, assombrado.

— Você não é o filho do doutor Figueras, o advogado que tinha escritório perto do Capitólio Nacional?

— Isso mesmo.

— Sua mãe não se chama Carmela?

— Sim — exclamo, rindo.

— Menino! — diz alegremente. — Fui amiga de sua mãe durante anos. Vendíamos juntas produtos da Avon.

— Que maravilha! — digo.

— Você veio por causa do apartamento?

— Vim — digo. — Somos dois. Minha mulher e eu.

— Quer ver?

— Quero.

Levanta da cadeira e vai até um aparador. Abre uma gaveta e tira um molho de chaves. Sorri o tempo todo.

— Que sorte que foi você que veio! — diz. — Não gosto de alugar para estranhos.

Saímos. Caminhamos por um corredor escuro e paramos diante de uma porta marcada com o número 2. Haidee abre a porta. Entramos.

"Que maravilha!", penso ao entrar.

É um apartamento recém-pintado. Amplo e bem iluminado. O fogão é novo. A geladeira também. Tem cama de casal, três poltronas e um aparador.

— Closet... — diz ela, abrindo um closet enorme.
— Gostei — digo, entusiasmado. — Fico com ele.
— Agora mesmo? — pergunta Haidee.
— Não. Amanhã. Pode reservar para mim até amanhã? Sorri.
— Posso — diz. — Não costumo fazer, mas como é você, reservo.
— Obrigado, Haidee...
— Sua mãe e eu fomos grandes amigas — diz. — Grandes!

Ela me pega pelo braço.

— Aqui você não vai ter problemas — diz. — Todo mundo é sossegado. Tem o mercado aqui perto. E, além do mais, tem eu.
— A luz é grátis, Haidee?
— A luz e o gás — diz. — Tudo isso te sai por duzentos e cinquenta. Mas este mês você vai ter de pagar mais cem pesos. Exigência do dono — explica. — Se fosse por mim, não teria de pagar nada.
— Eu sei — digo.

Conversamos mais um pouco. De Havana, de amigos comuns, de seu projeto de ir a Cuba naqueles meses. Falamos de Madri, lugar pelo qual nós dois passamos antes de chegar aos Estados Unidos. Finalmente, estendo-lhe a mão.

— Bem, Haidee, me espere amanhã de tarde — digo.

Ela me puxa para si e me beija no rosto.

— Fico tão contente por ter você como vizinho! — diz. — Aqui você vai ficar bem.

Beijo-a no rosto.

— Até logo, Haidee — digo, recuando para a porta da rua.

— Até amanhã — diz, cumprimentando da porta.

Saio de novo à rua. O sol começa a declinar. Paro uns segundos na calçada e respiro forte. Sorrio. Queria ter Francis agora junto de mim e abraçá-la com força. Lenta, repousadamente. Volto à *boarding home*.

Chego à *boarding home* por volta das seis da tarde. O sr. Curbelo já foi e quem está sentado agora em seu escritório é Arsenio, o encarregado, com sua eterna lata de Budweiser nas mãos.

— Escute, Máfia — ele diz ao me ver chegar. — Sente um instante. Precisamos conversar.

Sento numa cadeira ao lado dele. Olho-o na cara. Apesar de me repugnar intensamente, ele me dá uma certa pena. Só tem trinta e dois anos, e a única coisa que sabe fazer nesta vida é beber e jogar na *charada* cubana. Sonha ganhar mil pesos de uma vez e então...

— Se eu ganhar, Máfia, se sair o 38 esta noite, compro uma caminhonete e entro no ramo de catar papelão usado. Sabe quanto pagam a tonelada de papelão? Setenta pesos! Você gostaria de trabalhar comigo na caminhonete?

— Primeiro tem de sair o 38 — digo. — Depois, tenho certeza de que você beberia os mil pesos no mesmo dia.

Ele cai na risada.

— Eu parava de beber — diz ele. — Juro que parava de beber.

— Você já está perdido — digo. — Você é um animal, querido amigo.

— Por quê? — pergunta. — Por que você não gosta de mim, Máfia? Por que ninguém gosta de mim?

— Sua vida é um desastre — digo. — Você se acomodou aqui nesta casa imunda. Se precisa de dois pesos, rouba dos loucos. Se tem vontade de mulher, come Hilda, a velha decrépita. Curbelo te explora; mas você é feliz. Bate nos loucos. Manda como um sargento. Não tem imaginação.

Ele ri outra vez.

— Um dia eu coroo! — diz.

— E o que é coroar? — pergunto.

— Coroar quer dizer, na linguagem dos velhos delinquentes, dar um belo golpe. Roubar uma soma grande. Cem mil. Duzentos mil. Aqui, onde você está me vendo, estou plancjando um golpe e tanto. E vou coroar. Vou coroar! E então direi a você: "Tome, Máfia, duzentos pesos. Precisa de mais? Tome trezentos!".

— Você é um sonhador — digo. — Beba. É o melhor que você pode fazer.

— Logo, logo você vai ver! — diz. — Você vai me ver por Miami, com vinte correntes de ouro no pescoço e uma loura gostosa a meu lado! Você vai me ver com um Cadillac dourado! Vai me ver com um relógio de três mil pesos e um terno de seiscentos! Você vai ver, Máfia!

— Tomara que coroe mesmo! — digo.

— Você vai ver!

Paro. Dou meia-volta e me dirijo para o quarto das mulheres. Ao chegar, empurro suavemente a porta e entro. Francis está na cama, arrumando a roupa em duas caixas de papelão. Vou até ela lentamente e abraço-a pela cintura. Beijo-a no pescoço.

— Meu céu! — diz. — Viu a mulher? Encontrou-a em casa?

— Sim — respondo. — Amanhã a estas horas estaremos dormindo numa cama limpa e gostosa.

— Meu Deus! — diz olhando para o teto. — Ai, meu Deus!

— Uma sala — digo. — Um quarto. Uma cozinha. Um banheiro. Tudo limpo, bonito, recém-pintado. Tudo para nós.

— Meu céu, meu céu! — diz. — Me beije!

Beijo-a na boca. Aperto seu seio por cima do vestido. Tem um cheirinho bom. Com uns quilos a mais e um pouco de cuidado, será bonita. Deito-a suavemente na cama. Tiro seus sapatos. Vou até a porta do quarto e passo o ferrolho. Ela mesma se despe desta vez.

— Amanhã... — digo, enquanto entro nela lentamente. — Amanhã estaremos fazendo isto em nossa casa.

— Meu céu... — diz ela.

Naquela noite sonhei que estava de novo em Havana, na sala de uma funerária da rua 23. Vários amigos me cercavam. Tomávamos café. De repente abriu-se uma porta branca e entrou um caixão enorme carregado por uma dúzia de velhas carpideiras. Um amigo me deu uma cotovelada nas costelas e disse:

— Estão trazendo Fidel Castro.

Viramo-nos. As velhas deixaram o féretro no meio da sala e saíram chorando a plenos pulmões. Então o caixão se abriu. Fidel pôs para fora primeiro uma mão. Depois a metade do corpo. Finalmente saiu por completo da caixa. Ajeitou o traje de gala e se aproximou sorridente de nós.

— Não tem café para mim? — perguntou.

Alguém lhe deu uma xícara.

— Bom. Já estamos mortos — disse Fidel. — Agora vocês vão ver que isso não resolve nada.

Acordei. Já é dia. O grande dia. Daqui a três horas vão chegar os cheques, e Francis e eu sairemos da *boarding home*. Pulo da cama. Pego a toalha imunda e um pedaço de sabonete e me dirijo ao banheiro. Lavo-me. Urino. Deixo a toalha com o sabonete no banheiro sabendo que não precisarei mais deles. Saio para a sala. Os loucos estão tomando café da manhã, mas Francis está ali, sentada num canto, junto da tevê.

— Não consegui dormir — ela me diz. — Vamos embora logo!

— Temos de esperar — digo. — Os cheques vêm às dez.

— Estou com medo — diz ela. — Vamos embora logo!

— Calma — digo. — Calma. Já juntou suas coisas?

— Já.

— Fique calma então — digo, dando um beijo na sua cabeça.

Olho para ela. Só de pensar que naquela tarde estarei fazendo amor com ela numa cama limpa e macia, meu sexo endurece.

— Calma — digo, enfiando a mão por baixo do seu vestido e apertando suavemente seu seio. — Calma...

Solto-a. Enfio a mão nos bolsos e descubro que me sobram duas *quoras*. Vou tomar um café. Comprar o jornal e passar estas duas horas, até os cheques chegarem, sentado distraído em algum banco. Dou-lhe um beijo na boca. Saio em direção à cafeteria da esquina.

Faz uma manhã bonita. Pela primeira vez em muito tempo olho para o céu azul, os passarinhos, as nuvens. Tomar café, acender um cigarro, folhear o jornal do dia se transformam de repente em coisas deliciosas. Pela primeira vez em muito tempo sinto que o peso que sempre verga meus ombros desapareceu. Que minhas pernas podem correr. Que meus braços desejam experimentar sua força. Pego uma pedra na rua e atiro-a longe, em direção a um terreno baldio. Lembro que um dia, quando garoto, fui um bom jogador de beisebol. Paro. Aspiro o ar fresco da manhã. Meus olhos se enchem de lágrimas de felicidade. Chego à cafeteria e peço um café.

— Faça um bem gostoso — digo à mulher.

A mulher o prepara com um sorriso.

— Especial para o senhor — diz, enchendo a xícara.

Bebo-o em três goles. Está gostoso. Peço também um jornal. A mulher traz. Pago. Dou meia-volta e procuro com os olhos um lugar limpo e sossegado. Por fim descubro um muro branco, à sombra de uma árvore. Chego até lá e me sento. Abro o jornal e começo a ler com uma grande paz na alma.

EX-NAMORADO MAGOADO SEQUESTRA, AMORDAÇA E MATA EX-NAMORADA.

A MORTE ESPREITA OS OUSADOS PILOTOS DE HELICÓPTERO NA ESCURIDÃO.

LÍDER RUSSO PROPÕE ADEUS ÀS ARMAS.

Alguém para junto de mim. Ergo a cabeça. É Francis. Veio me procurar. Senta a meu lado. Pega-me pelo braço. Encosta a cabeça no meu peito e permanece silenciosa por uns segundos.

— O carteiro já passou — murmura depois.
— Sabe se trouxe os cheques?
— Não sei — diz. — Aquele homem... Curbelo, pegou os envelopes.
— Vamos lá! — digo.
Deixo o jornal no muro e me ponho de pé. Levanto-a suavemente pelo braço, ela treme.
— Ai, meu Deus! — diz, olhando para o céu.
— Calma... — digo, arrastando-a suavemente.
— A casa é linda, meu céu?
— É perfeita — digo, apertando-a pelos ombros. — Sala, quarto, cozinha, banheiro, cama de casal, aparador, três cadeiras...
Caminhamos em direção à *boarding home*.

Ao chegar à casa nos separamos. Ela vai para o seu quarto, recolher os últimos pertences, e eu me dirijo para o meu, a fim de pegar minha mala. Ao passar pelo escritório do sr. Curbelo vejo que ele está, de fato, abrindo os envelopes com os cheques do seguro social. Reyes, o caolho, se aproxima para lhe pedir um cigarro.
— Fora daqui! — diz Curbelo. — Não vê que estou trabalhando?
Sorrio. Prossigo até meu quarto. Pego a mala e ponho nela duas ou três camisas, meus livros, um blusão e um par de sapatos. Fecho-a. Pesa bastante, por causa dos livros, que são mais de cinquenta. Pego o livro de poetas românticos ingleses e enfio no bolso. Lanço um derradeiro olhar ao quarto. O louco que trabalha na pizzaria ronca com a

boca aberta. Uma barata miúda corre por sua cara. Saio. Ao chegar diante do escritório do sr. Curbelo, largo a mala no chão. Ele me interroga com o olhar.

— Me dê meu cheque — digo. — Vou embora.

— Não é bem assim — diz ele. — Vou te dar, mas não é bem assim. Você tinha de ter me avisado com quinze dias de antecedência. Agora você me deixa uma cama vazia. Isso é dinheiro que perco.

— Sinto muito — digo. — Me dê meu cheque.

Procura-o entre o grupo de envelopes. Pega-o. Entrega-o a mim.

— Suma! — diz irritado.

Saio dali. Ponho a mala num canto da sala e entro no quarto das mulheres. Francis está lá, com as caixas preparadas. Mostro meu cheque.

— Vá e peça o seu — digo.

Ela sai à procura de Curbelo. Sento na sua cama para esperar. Ao fim de um instante incrivelmente longo, reaparece no quarto com o semblante pálido e as mãos vazias.

— Não quer dar — diz.

— Por quê? — pergunto indignado.

Saio rapidamente em direção ao escritório de Curbelo.

— O cheque de Francis — digo, postando-me à sua frente. — Ela vai comigo.

— Não é possível — diz Curbelo fitando-me por cima de seus óculos.

— Por quê?

— Porque Francis é uma mulher doente — diz. — A mãe dela a trouxe pessoalmente para esta *home* e a confiou a mim. Sou responsável por tudo o que lhe acontecer.

— Responsável! — exclamo com desprezo. — Responsável por lençóis sujos e toalhas sebentas. Por poças de urina e comida imprestável.

— Isso é mentira! — diz. — Esta é uma casa organizada.

Indignado, dou um passo em sua direção e arranco o maço de cheques das suas mãos. Ele se põe de pé. Tenta tomá-los de mim, mas lhe dou um empurrão que o faz cair sentado num cesto de lixo.

— Arsenio! — grita do cesto. — Arsenio!

Procuro rapidamente o cheque de Francis. Encontro-o. Enfio o cheque no bolso e jogo em cima da mesa os envelopes restantes. Francis me espera na porta.

— Saia! — grito para ela.

Ela sai com as duas caixas enormes. Eu saio atrás dela com minha mala pesada.

— Meu céu... — diz Francis.

— Ande! — digo. — Fuja daqui!

— É que isto pesa! — diz, indicando as caixas.

Arranco uma caixa das suas mãos e também a carrego, com a mala.

— Arsenio! — grita lá de dentro o sr. Curbelo.

Seguimos depressa pela rua 1 em direção à avenida 16. Mas minha mala é enorme, velha, e ao chegar à 7ª avenida ela se abre completamente e os livros e a roupa se espalham pelo chão. Agacho-me rapidamente para catar os livros. Enfio na mala uns tantos. Soa uma sirene de polícia e um carro patrulha para à nossa frente, cortando nosso caminho. Endireito-me lentamente. Do carro saem Curbelo e um policial.

— Vamos, conterrâneo... — diz o policial me agarrando pelo braço.

— Fique quieto, conterrâneo. É este o conterrâneo? — pergunta o policial ao sr. Curbelo.

— Sim — diz ele.

— Vamos, conterrâneo — diz o policial com voz equânime, quase indiferente. — Me dê os cheques.

— São nossos! — digo.

— Ele está louco — diz então Curbelo. — Está descompensado. Não toma seus comprimidos.

— Me dê, conterrâneo — diz o policial.

Não preciso dar. Ele vê que os cheques estão no bolso da camisa e os arranca de lá.

— É um rapaz muito problemático — diz o sr. Curbelo.

Olho para Francis. Ela chora. Está agachada no chão, ainda recolhendo meus livros esparramados. Olha para Curbelo com raiva e atira um livro na cara dele. O policial me segura pelo braço e me leva para o carro. Abre a porta de trás e me indica que entre. Entro. Fecha a porta. Volta para junto do sr. Curbelo. Falam em voz baixa por uns minutos. Depois vejo que Curbelo levanta Francis do chão e pega uma de suas caixas. Depois pega-a pelo braço e começa a arrastá-la em direção à *boarding home*.

O policial recolhe minhas coisas do chão e as mete de qualquer maneira no porta-malas do carro patrulha. Depois entra e se põe ao volante.

— Sinto muito, conterrâneo — diz, ligando o motor.

O carro sai rapidamente.

O carro patrulha cruzou a cidade de Miami e penetrou nos bairros do norte. Finalmente parou na frente de um edifício enorme, cinza. O policial desceu do carro e depois abriu a porta de trás.

— Desça — ordenou.

Desci. Ele me agarrou com força pelo braço e me levou a uma espécie de saguão, grande e bem iluminado. Paramos diante de uma saleta que dizia "admissão". O policial me empurrou pelo ombro e entramos.

— Sente-se — ordenou.

Sentei num banco. Depois o policial se aproximou de uma mesa e falou em voz baixa com uma mulher jovem, vestida com um comprido jaleco branco.

— Conterrâneo — disse o policial depois, virando-se para mim. — Aproxime-se!

Vou até ele.

— Você está num hospital — ele me diz. — Vai ficar aqui até se curar. Claro?

— Eu não tenho nada — digo. — Só quero ir morar com minha mulher num lugar decente.

— Isso — diz o policial. — Isso você explica aos médicos depois. — Dá uma batida no coldre. Sorri para a mulher da mesa. Sai lentamente da sala. Então a mulher se ergue, pega um molho de chaves numa gaveta e me diz:

— *Come with me.*

Sigo-a. Abre uma porta enorme com uma das chaves e me faz entrar num salão sujo e mal iluminado. Há ali um homem de barba grisalha e comprida, quase nu, que recita em voz alta fragmentos de *Zaratustra* de Nietzsche. Também há vários negros molambentos fumando em silêncio um mesmo cigarro. Vejo também um rapaz branco, que soluça baixinho num canto e grita: "Mãe! Onde você está?". Há uma mulher negra, de bom porte, que olha para mim com expressão idiotizada; e outra mulher branca, com aspecto de prostituta, que tem seios enormes que caem até o umbigo. Já é de noite. Caminho por um corredor comprido que leva a um quarto com camas de ferro. Descubro, num canto, um telefone público. Tiro uma *quora* do bolso e introduzo-a nele. Digito o número da *boarding home*. Espero. Arsenio responde ao terceiro toque.

— Máfia? — ele me diz. — É você?

— Sou eu — digo. — Chame a Francis.

— Está no quarto dela — diz Arsenio. — Curbelo lhe deu duas doses de clorpromazina na veia e ela desabou na cama. Estava berrando. Não quis comer. Rasgou o vestido com as mãos. Máfia... O que você fez com essa mulher? Está louca por você!

— Esqueça — digo. — Amanhã ligo de novo.

— Seus livros estão aqui — diz Arsenio. — O policial os trouxe. Máfia, de homem para homem te digo: sabe por que você ficou meio louco? Por ler.

— Esqueça — digo. — Continue apostando no 38.

— Com certeza — diz Arsenio. — E você vai me ver por Miami! Vai me ver!

— Até logo — digo.

— Até logo — diz Arsenio.

Desligo. Mal o faço, ouço alguém gritar meu nome no salão principal. Vou até lá. Um homem de jaleco branco me espera.

— O senhor é William Figueras?

— Sou.

— Entre. Quero falar com o senhor. Sou o doutor Paredes.

Entro numa sala pequena, sem janelas. Há uma mesa e três cadeiras. As paredes estão decoradas com retratos do escritor Ernest Hemingway.

— O senhor é devoto de Hemingway? — pergunto, ao sentar.

— Eu o li — diz o dr. Paredes. — Muito.

— Leu *As ilhas da corrente*?

— Li — ele diz. — E você leu *Morte na tarde*?

— Não — digo. — Mas li *Paris é uma festa*.

— Maravilha — diz o doutor. — Agora talvez nos entendamos melhor. Diga, William, o que aconteceu?

— Quis ser livre outra vez — digo. — Quis fugir da *home* onde vivia e começar uma nova vida.

— Levava uma moça com você?

— Sim — digo —, Francis, minha futura mulher. Ela ia comigo.

— O policial disse que era um rapto.

— O policial mente — digo. — Repete o que disse o senhor Curbelo, dono da *home*. Essa mulher e eu nos *amamos*.

— Amor, amor? — pergunta o dr. Paredes.

— Amor — respondo. — Talvez ainda não fosse um grande amor. Mas era algo que estava florescendo.

— Você ouve vozes, William?

— Antes — respondo. — Agora não ouço mais.

— Tem visões?

— Antes. Agora não tenho mais.

— O que te curou?

— Francis — respondo. — Tê-la a meu lado me deu novas forças.

— Se o que você diz é verdade, vou te ajudar — diz o dr. Paredes. — Você vai passar aqui uns dias e eu pessoalmente vou tentar resolver esse problema. Vou falar com Curbelo.

— O senhor o conhece?

— Sim.

— Que opinião tem dele?

— É um comerciante. Exclusivamente um comerciante.

— Exato — digo. — E, além disso, um filho de uma cadela.

— Bem — diz o dr. Paredes. — Agora pode sair. Amanhã falamos de novo.

— Pode me dar um cigarro?

— Claro — diz ele. — Fique com este maço.

Ele me dá um maço de Winston quase cheio. Guardo-o no bolso. Saio da sala. Volto à sala onde os outros loucos estão. Chego no momento em que o homem que recita o *Zaratustra* encurrala uma mulher negra num canto e começa a levantar seu vestido à força. A mulher tenta se desvencilhar dele com as mãos. O homem que recita o *Zaratustra* joga a mulher no chão e começa a boliná-la nas coxas e no sexo. Enquanto faz isso, recita com uma voz de além-túmulo:

Caminhei por vales e montanhas.
Tive o mundo a meus pés.
Homem que expias, sofre!

Homem que crês: tem fé!
Homem rebelde: ataca e mata!

Saio dali em direção ao quarto das camas de ferro. Estou com sono. Vou até uma das camas e me deixo cair nela. Penso em Francis. Lembro-me novamente dela junto de mim, no pórtico da igreja batista, com seu ombro enfiado nas minhas costelas.

— Meu céu... Você foi comunista algum dia?
— Fui.
— Eu também. No início. No início. No início...

Adormeço. Sonho que Francis e eu escapamos correndo por uma plantação de hortaliças. De repente, veem-se ao longe os faróis de um carro. É o carro do sr. Curbelo. A gente se joga no chão para ele não nos ver. O sr. Curbelo avança em seu automóvel por cima dos pés de hortaliças. Para junto de nós. Finge que não nos vê. Francis e eu, de mãos dadas, permanecemos quase fundidos na terra. Curbelo sai do carro com uma comprida arma de caça submarina. Para em cima de mim com seus pés de pato.

— Dois esturjões! — berra. — Dois enormes esturjões! Desta vez vou tirar o primeiro lugar. A taça de ouro será minha. Minha!

Francis e eu mordemos a terra sob seus pés.

Passei sete dias no hospital estatal. Liguei mais uma vez para a *boarding home*, mas Arsenio voltou a me dar a notícia de que Francis continuava inconsciente na cama. Acabaram minhas moedas. Os cigarros também acabaram.

No sétimo dia, o dr. Paredes me chamou novamente à sua sala.

— Tenho uma coisa para você — diz.

Pega um pôster de Hemingway e me dá.

— É um presente?

— É, para que você tenha fé na vida.

— Bem — digo. — Em que parede vou pendurar?

— Não se preocupe — diz ele. — Talvez possa pendurar naquele quarto limpo e bem iluminado para onde você queria se mudar.

— Francis também vai vir?

— Veremos — disse ele. — Agora vamos você e eu falar com o senhor Curbelo. Se a moça quiser ir com você, ninguém poderá impedir.

— Fico contente — digo.

— Este é um país muito livre — diz Paredes.

— Acredito — digo.

Olho para o pôster de Hemingway. É um Hemingway triste. Digo isso a Paredes.

— Já era um homem doente — diz ele. — Foi uma das suas últimas fotos antes de morrer.

— Ele queria ser um deus — digo.

— E quase consegue — diz Paredes.

Ele se levanta. Vai até a porta da sala e abre-a.

— Vamos — diz ele. — Vamos à *boarding home*.

Saio atrás dele. Seguimos juntos pelo comprido corredor. Paredes se detém diante da enorme porta de entrada e abre-a com sua chave.

— Vamos — diz.

Saímos outra vez no saguão. Depois de cruzá-lo nos encaminhamos ao estacionamento do hospital.

— Estou fazendo isso por você — diz Paredes. — Acho que nunca fiz isso por ninguém.

— Ora, vamos! — digo. — O senhor leu *A vida breve e feliz de Francis Macomber*?

— Li. Muito bom. E você, leu *A mãe de um ás*?

— Não gosto tanto. Prefiro *O revolucionário*.

— Faço isso por você — ri Paredes. — Porque nesta cidade de merda acho que ninguém leu Hemingway como você.

Chegamos a um carro pequeno. Paredes abre as portas. Entro e me sento no banco do carona.

— Eu quis ser escritor — diz Paredes, pondo o carro em movimento. — Ainda gostaria de ser!

Saímos em direção à *boarding home*. No caminho, Paredes tira do porta-luvas um papel datilografado e passa-o a mim.

— Escrevi ontem — diz. — Veja o que você acha.

É uma história em quadrinhos. Fala de um velho criado que passou cinquenta anos servindo a um senhor. Quando o senhor morre, o criado se aproxima do cadáver, contempla-o longamente em silêncio e lhe dá uma cusparada na cara. Depois limpa o cuspe, torna a cobrir o rosto do morto com o lençol e sai arrastando os pés.

— Muito bom — digo.

— Fico contente que você gostou — diz ele.

Atravessamos a cidade em direção ao *west*. Chegamos novamente à rua Flagler e viramos à esquerda, rumo ao Downtown. Umas tantas quadras mais, e chegamos.

— Curbelo sabe que viemos? — pergunto ao doutor.

— Sim. Ele nos espera.

Descemos do carro. De imediato todos os loucos que estão sentados nas cadeiras de madeira da varanda correm em nossa direção pedindo cigarro. Paredes tira um maço de Winston do bolso e dá a eles. Entramos. Curbelo está sentado em sua mesa.

— Homem! — diz Curbelo ao dr. Paredes. — Estou contente em vê-lo!

Apertam as mãos. Paredes e eu nos sentamos lado a lado junto à mesa de Curbelo.

— Como vão esses torneios de pesca? — pergunta Paredes.

— Bem! — diz Curbelo. — Ontem tirei primeiro lugar. A primeira vez em vinte anos que tiro o primeiro lugar!

— Parabéns! — diz Paredes. Depois vira-se para mim e me pede. — William... pode nos deixar a sós um momento?

Levanto e saio. Vou até meu quarto. O louco que trabalha na pizzaria pula da cama quando me vê chegar.

— Senhor William! — exclama alegremente. — Achávamos que estava preso.

Ira, Pepe, René, Eddy, todos os loucos vieram ao quarto e me cumprimentam efusivamente. Na minha cama, vejo a mala cheia de livros e roupa suja.

— Veio para ficar, senhor William?

— Não — digo. — Vou com Francis para uma casa própria.

Então Ida, a grande dama arruinada, se aproxima e põe as mãos em meus ombros.

— Enfrente com calma — diz ela.

— O quê?

— O que houve com Francis — diz. — Enfrente com calma!

— O que aconteceu?

— Francis não está mais aqui — diz Ida. — A mãe dela veio ontem de New Jersey e a levou.

Não ouço mais. Empurro Ida para cima da cama e corro para o quarto das mulheres. Abro violentamente a porta. No lugar de Francis, vejo uma negra gorda e velha deitada em sua cama.

— Cheguei ontem — diz a mulher. — A que estava aqui foi embora.

— Deixou algum recado? — pergunto com ansiedade.

— Não — diz a mulher. — Só isto.

E me mostra um maço de desenhos de Francis. Estamos todos ali. Está Caridad, a mulata cozinheira. Está Reyes, o caolho; está Eddy, o louco versado em política internacional; está Arsenio, com seus olhos diabólicos; e estou eu, com um rosto duro e triste ao mesmo tempo.

Vou ao escritório do sr. Curbelo. Paredes me fita com olhos interrogativos.

— Já sabe de tudo?

— Já sei — respondo. — Não se incomode mais comigo. Não há nada a fazer.

— Sinto muito — diz Paredes.

— Rapaz... — diz então o sr. Curbelo. — Pode ficar aqui se quiser. Tome seus comprimidos. Descanse. Há mulheres de sobra nesta vida.

Do refeitório chega a voz da mulata Caridad anunciando o almoço. Curbelo se levanta e me empurra suavemente pelos ombros.

— Vá — diz ele. — Coma. Em nenhum lugar deste mundo você vai estar melhor que aqui.

Baixo a cabeça. Saio, atrás dos loucos, em direção ao refeitório.

Boarding home! *Boarding home*! Já faz três anos que vivo nesta *boarding home*. Castaño, o velho centenário que quer morrer constantemente, continua gritando e fedendo a urina. Ida, a grande dama arruinada, continua sonhando que seus filhos de Massachusetts virão um dia resgatá-la. Eddy, o louco versado em política internacional, continua atento aos noticiários da televisão, pedindo aos gritos uma terceira guerra mundial. Reyes, o velho caolho, continua supurando humor por seu olho de vidro. Arsenio continua mandando. Curbelo segue vivendo sua vida de burguês com o dinheiro que tira de nós.

Boarding home! *Boarding home*!

Abro o livro de poetas ingleses e leio um poema de Blake chamado *Provérbios do inferno*:

Conduz teu carro e teu arado
sobre os ossos dos mortos.
O caminho da dor leva ao palácio
da sabedoria.
A prudência é uma solteirona rica e feia
que a incapacidade corteja.
As horas da loucura são contadas pelo relógio.

Ponho-me de pé. Num canto da sala, Reyes, o caolho,

urina demoradamente. Arsenio chega até ele e tira o cinto. Com a fivela, dá uma violenta cintada nas costas do velho caolho. Chego até Arsenio e tiro o cinto das suas mãos. Ergo-o acima da minha cabeça e deixo-o cair, com todas as minhas forças, no corpo esquelético do velho caolho.

Lá fora, a mulata Caridad chama para o almoço. Vai ter peixe frio, arroz branco e lentilha crua.

Guillermo Rosales ou a cólera intelectual*

Poucos escritores cubanos encarnam, como Guillermo Rosales, o paradigma da frustração, o fulgor do gênio, o tormento da insatisfação e a loucura. Morreu aos 47 anos, pobre, sozinho e esquecido; destruiu a maior parte da sua obra e em vida só publicou um romance de viés autobiográfico, *A casa dos náufragos* (1987), premiado com o voto de Octavio Paz num concurso literário local. Mas seu sucesso se apagou com os flashes das câmeras. Hoje seu romance é considerado por muitos um clássico da literatura cubana, mas continua sendo desconhecido para a maioria dos leitores.

A casa dos náufragos [originalmente publicado como *Board-*

---

* Meus agradecimentos ao poeta Néstor Díaz de Villegas, que me sugeriu esta pesquisa; a Delia Quintana e Leyma Rosales, mãe e irmã do escritor, e ao romancista Carlos Victoria, que colaboraram de forma indispensável. Também ao escritor Norberto Fuentes, que forneceu uma das cópias de *El alambique mágico*.

ing home*] cobre uma dimensão dantesca da vida. É uma viagem aos rincões mais sombrios da condição humana, e poucos permanecem indiferentes a essa visão. Humilhações, sujeira, fedor e abusos físicos constituem o cenário onde o protagonista passa seus dias.

Mal há um momento de piedade para com o leitor, um sopro de esperança nas cem páginas que narram, com descarnada precisão, os dias do escritor William Figueras, doente dos nervos, na atmosfera asfixiante desse refúgio de indigentes, lixo da sociedade de Miami.

A *home* não é lar mas inferno, um círculo demencial onde os infortunados estão condenados a reproduzir perpetuamente as etapas do ciclo de vida animal. São "seres de olhos vazios, bochechas secas, bocas desdentadas, corpos sujos".**

A casa dos náufragos é um romance único na literatura cubana do exílio dos últimos quarenta anos. O protagonista fala a partir da certeza da derrota e da inevitabilidade da alienação. Define, desde o início, a particularidade de sua situação: "Não sou um exilado político. Sou um exilado total. Às vezes penso que, se tivesse nascido no Brasil, na Espanha, na Venezuela ou na Escandinávia, também teria fugido de suas ruas, seus portos e campos".*** Não há nesta obra, como tampouco no último e ainda inédito livro de Rosales, *El alambique mágico*, um vislumbre de nostalgia, uma palavra, uma frase que denote saudade de Cuba.

O romancista Carlos Victoria, a pessoa mais próxima de

---

* As *boarding homes* são asilos particulares dos Estados Unidos, onde se internam pessoas incapacitadas física ou mentalmente.
** *A casa dos náufragos*, p. 8.
*** Idem, p. 8.

Rosales nos últimos anos de sua vida, acredita que a falta de saudade de Rosales por Cuba se devia a um ódio visceral. "Ele estava alimentado pelo ódio, era seu motor principal. Um ódio contra a natureza humana. Não perdoava a ninguém nenhum defeito, nenhuma fraqueza, a começar por si mesmo", recordou Victoria numa entrevista a *Encuentro*.

O próprio Rosales admitiu que *A casa dos náufragos* era "um romance escrito com ódio"* e legitimou sua visão apocalíptica da realidade e sua vocação niilista: "Creio que a experiência de quem viveu no comunismo e no capitalismo e não encontrou valores substanciais em nenhuma das duas sociedades (sic) merece ser exposta. Minha mensagem será sempre pessimista, porque o que vejo e sempre vi ao meu redor não dá para mais. Não creio em Deus. Não creio no Homem. Não creio em ideologias".**

Muitos dos que o conheceram em Miami lembram-se hoje dele com extrema angústia. Era tremendamente irascível, mordaz até o sarcasmo, suscetível, agressivo a ponto de agredir, às vezes, as pessoas mais próximas dele. No dia seguinte voltava a bater nas mesmas portas, arrependido. Sofria, mas não estava em suas mãos remediar seu sofrimento: a cada tanto tinha crises de esquizofrenia; tinha visões, ouvia vozes, acreditava ver do outro lado das paredes. Conservava, apesar de tudo, um bom senso de humor e, quando estava animado, gostava de fazer piada. Sua capacidade de fabulação era inesgotável: durante uma conversa era capaz de improvisar os relatos mais incríveis, que depois ia desenvolvendo no espaço de alguns dias.

* Entrevista à revista *Mariel* (Estados Unidos), ano I, vol. 3, 1986.
** Idem.

Na única entrevista que deu para a imprensa, Rosales diz que seus personagens "são quase todos cubanos afetados pelo totalitarismo castrista, farrapos humanos".*

No romance, embora o passado levite acima dos personagens, sua presença é breve e tangencial: uma louca se lamenta por causa das propriedades que lhe confiscaram em Cuba, outro chia contra os comunistas, que enxerga em todas as partes. A voz do autor se desloca num presente tortuoso, infinito, com poucas referências ao passado em Cuba e sem mostrar conflitos de identidade. A maioria das alusões à situação cubana desvela o subconsciente, o universo onírico do protagonista. Em sonhos, William Figueras volta a Cuba e se defronta com Fidel Castro. Ironicamente, essas obsessões dos exilados, que em outras obras se refletem com amargura, transformam-se no único oásis de humor dentro de uma narração seca e dilacerante:

> [...] sonhei que estava de novo em Havana, na sala de uma funerária da rua 23. [...] De repente abriu-se uma porta branca e entrou um caixão enorme carregado por uma dúzia de velhas carpideiras. Um amigo me deu uma cotovelada nas costelas e disse:
> — Estão trazendo Fidel Castro.
> [...]
> Então o caixão se abriu. Fidel pôs para fora primeiro uma mão. Depois a metade do corpo. Finalmente saiu por completo da caixa. Ajeitou o traje de gala e se aproximou sorridente de nós.
> — Não tem café para mim? — perguntou.**

---

* Idem.
** *A casa dos náufragos*, pp. 86-7.

Outras referências à posição de William Figueras com respeito a Cuba têm um toque de amargor e sarcasmo:

> El Puma é um dos homens que fazem as mulheres de Miami tremer. [...] Nunca abraçará desesperadamente uma ideologia e depois se sentirá traído por ela. Nunca seu coração fará *crack* ante uma ideia em que acreditou firme, desesperadamente. [...] Nunca experimentará o júbilo de ser membro de uma revolução, e depois a angústia de ser devorado por ela.*

As relações entre os indigentes que vivem no asilo são traçadas em cima da rotina mais primitiva: comer, dormir, fazer as necessidades fisiológicas, fornicar. William Figueras observa os outros com frieza e interage com eles sob o signo da crueldade que rege a vida do antro. O romance exala violência, que é um dos caracteres distintivos da obra de Rosales, como foi de sua personalidade. Essa agressividade se expressa também na prosa brunida, na precisão dos verbos e adjetivos, no estilo taxativo, como um martelar no ouvido.

> Vou até Reyes e o agarro com força pelo pescoço. Dou-lhe um chute nos testículos. Bato sua cabeça contra a parede.
> — Desculpe... desculpe... — diz Reyes.
> Olho com nojo para ele. Sangra na testa. Sinto, ao vê-lo, um estranho prazer. Pego a toalha, torço, e dou com ela uma chicotada em seu peito esquelético.**

---

* Idem, p. 25.
** Idem, p. 35.

Apesar de ser participante, o protagonista avalia os acontecimentos com a mais espantosa lucidez e distanciamento:

> Foi uma burguesa, lá em Cuba, nos anos em que eu era um jovem comunista. Agora o comunista e a burguesa estão no mesmo lugar. No mesmo canto que a história lhes designou: a *boarding home*.*

Assim que chegou a Miami, Rosales foi dado como incapacitado por problemas mentais e nunca trabalhou. *A casa dos náufragos*, escrita uns cinco anos depois, é o testemunho de sua vida nos Estados Unidos, que transcorreu sobretudo em *boarding homes*, com intervalos em hospitais psiquiátricos, num ou outro hotelzinho e num pobre apartamento. Foram sete anos de desamparo, pobreza e corrosão. Não gostava dos grupos sociais, e tinha poucos mas fiéis amigos. Entre os mais próximos estavam, além de Carlos Victoria, Reinaldo Arenas, o poeta Esteban Luis Cárdenas — o Negro de *A casa dos náufragos*, hoje também pobre e esquecido num desses asilos —, Carlos Quintela, Rosa Berre e o escritor colombiano Luis Zalamea.

As relações com a parte da família que já residia na cidade foram difíceis e não contribuíram para deter seu descalabro emocional:

> Acreditaram que chegaria um futuro vencedor [...]; e o que apareceu no aeroporto [...] foi um tipo enlouquecido, quase sem dentes, magro e assustado, que tiveram de internar na-

---

* Idem, p. 31.

quele mesmo dia num asilo psiquiátrico porque olhava com receio para toda a família e em vez de abraçá-los e beijá-los os insultou. [...] Uma mancha terrível nesta boa família de pequenos-burgueses cubanos [...]. A única que se manteve fiel aos laços familiares foi essa tia Clotilde [...]. Até o dia em que, aconselhada por outros familiares e amigos, decidiu me pôr na *boarding home*; a casa dos escombros humanos.*

Ele havia saído de Havana rumo a Madri aos 33 anos, em julho de 1979, e conseguiu chegar a Miami em janeiro de 1980. Estava disposto a criar sua obra fora da ilha.

Em Cuba tinha se somado ao entusiasmo inicial da Revolução; foi um dos primeiros a subir a Sierra Maestra para alfabetizar. Depois ganhou uma bolsa para estudar direito diplomático e consular na Escola Especial do Serviço Exterior. De uniforme verde-oliva, camisa cinza e botas de meio cano, apareceu um dia diante de Carlos Quintela, que dirigia então o semanário juvenil *Mella*, órgão da Associação de Jovens Rebeldes e depois da União de Jovens Comunistas. Devia ter uns catorze ou quinze anos.

"Queria sair da escola de relações exteriores e trabalhar para *Mella*, mas não se podia fazer isso sem contar com Fidel [Castro]. Ganhava lá trezentos pesos por mês, e *Mella* pagava sessenta ou setenta. Não houve modo de convencê-lo do contrário; passado um tempo, Aníbal Escalante conseguiu liberá-lo da escola", rememorou Quintela.**

Trabalhou para a revista entre 1961 e 1963. Quando

* Idem, p. 11.
** Carlos Quintela, meses depois de Rosales conceder esta entrevista para *Encuentro*.

sentava à máquina de escrever, era capaz de redigir as reportagens num instante. Depois de publicar "Hondo" [Fundo], um fascinante relato sobre espeleologia, *Mella* recebeu um telefonema da Academia de Ciências: Rosales havia inventado catorze nomes de formações geológicas, disseram os cientistas, não sem certa admiração.

Era um fabulador incansável. Um gozador com dotes histriônicos, que adorava fazer piadas e falar cifrado. Obcecado com os temas que o interessavam, imprevisível, agressivo: assim se lembram dele seus amigos de então. Essa luminosidade se transformou em trágica opacidade no fim da vida; com tal acúmulo de dissonâncias entre seus anos juvenis e sua idade adulta que a imagem do jovem Rosales tem ares de irrealidade para os que o conheceram em Miami.

Nos anos 1960, anos de fogosidade criativa para os jovens jornalistas de publicações como *Mella*, na casa de Guillermito — como os amigos o chamavam —, no Vedado, se reuniam Silvio Rodríguez, Norberto Fuentes, Antonio Conte, Víctor Casáus e Eliseo Altunaga, entre outros, para ouvir música e conversar, insaciavelmente, sobre todos os temas deste mundo.

Leem e desenham muito em papel fumê. Rosales dorme em frente a um monstro pintado por Silvio, inspirado em algum conto de Poe. Tem medo dele mas se deleita com a presença da imagem: o feio, o brutal, o sinistro o perseguiriam noites e dias, em angustiosa osmose entre imagética e realidade.

Muitos de seus amigos já conhecem a esta altura seu

romance *Sábado de Gloria, domingo de Resurrección*, que ele recita de cor. Pouco depois, em 1968, o romance é finalista do prêmio Casa de las Américas e obtém, por unanimidade, a recomendação de ser publicado, o que nunca aconteceu.

Tudo o que *La Gaceta de Cuba* diz na breve resenha introdutória a dois de seus capítulos é: "O protagonista é um menino influenciado pela leitura das tiras cômicas da época anterior ao triunfo da Revolução".* Aparentemente se tratava de uma obra inofensiva, a salvo da guilhotina editorial.

Mas só chegou às livrarias em 1994, e em Miami, onde foi publicado postumamente com o título de *El juego de la viola*. A versão publicada diverge muito pouco da que saiu na *Gaceta de Cuba*: o capítulo "A las dos mi reloj" passa a ser "A la una mi mula", e "A las once campana de bronce" é "A las siete mi machete"** na versão definitiva. Um par de parágrafos foi suprimido e há mudanças nos sinais de pontuação; foram acrescentadas onomatopeias, e as orações são mais concisas e cortantes; a marca pessoal de Rosales aparece desde este primeiro romance: o estilo, um estilete, e a estrutura narrativa, ágil, vertiginosa.

A história se situa antes de 1959 e narra cenas da vida diária de Agar, um menino fantasioso e infeliz que está no limiar da adolescência. As 95 páginas da história, contadas no passado, estão agrupadas em capítulos intitulados com os versos da brincadeira infantil da *viola*, que se transfor-

---

* *La Gaceta de Cuba*, nº 74, junho de 1969, p. 2.
** Respectivamente: "às duas meu relógio" / "à uma minha mula"; "às onze sino de bronze" / "às sete meu machete". (N. T.)

ma numa diversão maligna dos Meninos Maus, vizinhos do protagonista:

> — Meninos...? Por que se odeiam?
> — Estamos brincando! — exclamaram todos.*

El juego de la viola não é leitura agradável. Agar vive num meio hostil, onde os personagens dos quadrinhos são seus únicos aliados, e sua conduta flui a partir de uma tremenda agressividade e solidão interior. A imagem da infância é amarga e impiedosa:

> Vocês já viram um ser mais diabólico do que uma criança? As crianças do trópico são monstros da delinquência.**

É sintomático que Rosales não tenha tentado seduzir o júri do prêmio Casa de las Américas com a história de alguma epopeia guerrilheira, tão em moda naqueles momentos na América Latina. Em compensação, há em seu romance um descaso total pelas circunstâncias políticas e pelo entusiasmo revolucionário da época. Sua ousadia — ou sua ingenuidade — o levou também a apresentar um texto que poderia ter se transformado numa boa tela para o corte dos censores oficiais:

> Não. Definitivamente não gostava dos comunistas. O Falcão, o sargento York e todos os outros eram lindos, e os comunistas, carecas e desdentados.

* *El juego de la viola*, Ediciones Universal, Miami, 1994, p. 64.
** Idem, p. 21.

— Todos com a bunda remendada — dizia Avó Ágata. — Todos com cheiro de oficina de bicicleta.*

Como se fosse pouco, o pai de Agar, Papai Lorenzo, é um comunista fervoroso mas pouco coerente:

— Seu pai é um comunista muito estranho — disse Avó Ágata. — Primeiro pedia votos e organizava greves e até me fez votar pela Candidatura Popular. E agora virou contador público e quer pôr você num colégio de ricos, e para o diabo as greves, e os votos, e eu continuo afiliada a essa Candidatura Popular, eh? Agora é rotariano! Comunista e rotariano internacional. Não entendo. "É uma questão de tática", ele diz.

"Tática? Eu não entendo nada de tática. Devolvam meu título de eleitora!

É isso que eu quero!"**

O júri desse ano do prêmio Casa de las Américas, formado por Julio Cortázar e Noé Jitrik, entre outros, preferiu premiar *La canción de la crisálida*, de Renato Prada Oropesa, um romance sobre as guerrilhas bolivianas.

Se houvesse sido publicado, o romance inicial de Rosales seria reconhecido como precursor de uma narrativa enraizada nas tradições populares da cultura pop, que teve em Manuel Puig um de seus melhores cultores na América Latina. "Teria sido o fundador de um novo caminho na

---

* Idem, p. 89.
** Idem, pp. 87-8.

narrativa latino-americana por sua inédita aproximação do mundo dos quadrinhos", opina o crítico Carlos Espinosa, o qual considera que, por ter sido publicado depois de tantos anos, "é agora um romance extemporâneo, e se faz dele uma leitura injusta".

Quando saiu do semanário *Mella*, em 1963, Rosales foi chamado para o serviço militar obrigatório, de onde deu baixa depois de ser internado no hospital de Mazorra, em Havana, por problemas psiquiátricos. Embora seus transtornos mentais já se fizessem notar, os que o conheciam de perto sabiam que ele brincava com eles de tal modo que, para alguns, não era possível diferenciar uma crise real de uma crise fictícia. Talvez como em Agar, o personagem do seu primeiro livro, as fantasias se entronizavam na vida real. "Eu me fiz de louco", contou a seu bom amigo Quintela, referindo-se à saída do serviço militar.

"Odiava a ditadura, não acreditava na autoridade, era rebelde, questionava tudo."

Em 1965, uniu-se à família na Tchecoslováquia, onde seu pai era embaixador. Sofreu lá uma demorada crise nervosa. Mais tarde viajou para a União Soviética, onde foi internado num hospital psiquiátrico e teve um diagnóstico de esquizofrenia. De volta a Cuba, entre 1966 e 1967, também recebeu tratamento psiquiátrico, mas, ao contrário dos soviéticos, os médicos cubanos acreditavam que ele só tinha transtornos de personalidade.

Nos anos seguintes transitou por vários trabalhos, mas em nenhum ficou mais tempo que na revista *Mella*. Foi professor, construtor, empregado de escritório, roteirista de rádio e televisão, colaborador de várias revistas. Só queria escrever. Sua irmã Leyma conta que escreveu um romance, *Sócrates*, depois de ler a *Paideia* grega. "*Sócrates* o deixou louco", relembra ela. "Para escrevê-lo, trancou-se em casa durante um mês, sem sair à rua. Mais tarde queimou-o. Não conheci outra pessoa com tanta capacidade de autodestruição. Era como uma chama que a qualquer momento ia se apagar, só que não sabíamos quando."

Não fazia versões de suas obras; escrevia e rasgava papéis com a mesma velocidade. A mãe guardava seus escritos trancados no armário, mas ele vinha, arrombava o móvel por trás e depois os destruía. Em Cuba também destruiu outro romance sobre a Guerra dos Dez Anos — que seus amigos Quintela e Rosa Berre lembraram — e que falava, entre outros temas, do papel dos fazendeiros ricos na independência e da história do rum cubano.

Já nos Estados Unidos tentou reconstruí-lo, e assim o fez, em forma de narrativa breve, que também desapareceu mais tarde. Tudo o que restou são duas ou três folhas manuscritas. Nelas traçou o esboço de um romance que "procurasse demonstrar que a guerra de 1868 contribuiu muitíssimo para eliminar os regionalismos e criar um conceito de Cuba, psicológica, territorial e culturalmente".* Preferiu, na época, escrever uma narrativa histórica, eludindo a realidade imediata.

Dado seu estilo de trabalho, é surpreendente que tenha conservado e levasse de Cuba uma das cópias do que seria *El juego de la viola*. Escreveu *A casa dos náufragos* nuns dois anos. O romance reflete sobretudo o panorama de *Ha-*

---

* Documentos pessoais de Rosales postos à disposição por sua família.

ppy Home, um dos muitos asilos em que viveu. Ali, durante uma de suas visitas, Carlos Victoria leu as primeiras páginas e percebeu que tinha em mãos algo especial.

Foi Victoria que levou o livro para a primeira edição do concurso Letras de Oro. "Guillermo era muito inseguro em relação ao que escrevia, sempre estava muito insatisfeito. Ele dava seus escritos para eu rever, depois me pedia de volta e os destruía. Assim se perderam muitos", relata o romancista.

Octavio Paz, que presidiu a seção de romance do concurso, deu o prêmio a Rosales em janeiro de 1987. Deve ter sido o momento mais feliz de sua vida. Muitos se lembram da noite da premiação; estava eufórico. Pela primeira vez, aos quarenta anos, alcançava um verdadeiro reconhecimento para sua obra. Nas fotos, de smoking alugado que fica sobrando em seu corpo magérrimo, posa ao lado das personalidades do mundinho intelectual de Miami. Esboça um tênue sorriso.

"Somente num país tão grande e livre como este é possível que uma minoria se expresse em sua língua nativa",* declarou à imprensa, ao mesmo tempo que lamentava que houvesse em Miami "tremenda pobreza no mundo cultural cubano".**

Esse raquitismo cultural da Miami de então determinou a decisão de pôr fim a seus dias. Depois do seu único instante de glória, viveu os últimos seis anos no forçado os-

---

* "Escritor miamense entre siete laureados con Letras de Oro", *El Nuevo Herald*, Miami, 23 de janeiro de 1987, p. 2.
** "Certamen literario revela diversidad", *El Nuevo Herald*, 27 de janeiro de 1987, p. 8.

tracismo do esquecimento. Letras de Oro não cumpriu seu objetivo de editar em inglês as obras dos autores ganhadores. Encerrado o concurso e, com ele, os depósitos em que se guardavam as coleções dos livros premiados, alguém decidiu se desfazer deles pelo fogo.

O escritor colombiano Luis Zalamea, que havia sido consultor literário do Letras de Oro, ficou tão impressionado com o romance de Rosales que o traduziu para o inglês. "Mandei a uns agentes literários de Nova York, que responderam dizendo que o tema não tinha 'mercado' nos Estados Unidos."*

Rosales estava desesperado para publicar e pedia a Zalamea para ajudá-lo. Mas a perspectiva não podia ser mais desalentadora: a maioria dos escritores de Miami tinha e ainda tem, hoje, de custear as edições de suas obras. Como se tanta adversidade fosse pouca, também se viram obrigados a lutar contra o estigma de Miami, por conta do qual a maioria das universidades, dos círculos intelectuais e das editoras europeias, americanas e latino-americanas isolaram durante décadas os escritores cubanos no exílio, evitando reconhecer e difundir suas obras. Os escritores cubanos de Miami talvez tenham sido vistos como as turbas de exilados ensandecidos que, algumas vezes, puseram a cidade no primeiro plano da imprensa mundial.

Agora, depois do desmoronamento da "alternativa social cubana" e a reavaliação crítica da diáspora por parte de certos setores, antes hostis, o futuro se apresenta um pouco mais promissor para eles.

* Luis Zalamea, "Elegía para Guillermo Rosales", *El Nuevo Herald*, 19 de julho de 1983, p. 8-A.

Mas Rosales não pôde esperar. Marginal e marginalizado, por seu caráter e sua doença, não tinha capacidade nem dinheiro para tentar abrir as portas das editoras. Conseguiu publicar fragmentos de *El juego de la viola* e de *Boarding home* na revista *Mariel** e dois contos do volume inédito *El alambique mágico*: "El diablo y la monja" e "A puertas cerradas", em *Linden Lane Magazine*.**

Entre 1988 e 1990 escreveu *El alambique mágico*, do qual sobreviveram duas cópias quase idênticas. "Ele estava insatisfeito com esse livro. Sabia que a qualidade dos contos era muito irregular", lembra-se Victoria. Apesar de os doze relatos terem qualidade literária diferente, em todos está presente o inconfundível estilo narrativo de Rosales. Os defeitos de alguns, mais que na costura, parecem estar na escolha dos temas. *El alambique mágico*, além do mais, é interessante por ser o único livro em que o fio condutor narrativo não é autobiográfico. É também o de maior carga erótica, em momentos em que o escritor estava consciente de que poucas mulheres teriam se aproximado dele.

Estava muito magro, havia perdido todos os dentes e mal se alimentava. Se o tivéssemos visto, rumando pela rua Flagler em direção ao Downtown, aspirando com fruição a fumaça do cigarro, o cheiro azedo da roupa vagando sobre o corpo mirrado, nós o teríamos confundido com mais um indigente. De seus anos juvenis só pareciam restar o hábito de fumar constantemente e seu senso de humor. Não ouvia rádio, não ia ao cinema nem assistia televisão, talvez numa tentativa de manter sua escrita não contaminada.

* Publicados respectivamente em *Mariel*, ano I, vol. 2, 1986; ano I, vol. 3, 1986.
** "Dos cuentos de Guillermo Rosales", em *Linden Lane Magazine*, vol. XI, nº 2, junho.

Em seu último livro há ressonâncias da convicção do autor de que "à injustiça da vida deve-se responder com a violência e a cólera intelectual, que é a que maiores estragos faz [...]. Minha mente só tem espaço para o que tenho de escrever, que espero seja muito".*

Não escreveu mais, embora sua capacidade para criar histórias tenha permanecido quase intacta. A deterioração física e mental nos últimos três anos de vida foi vertiginosa. Prosseguiu de asilo em asilo, e por último morou num modesto apartamento na zona noroeste de Miami, com tão poucos pertences que parecia uma cela monacal. Já poucos o visitavam: Victoria, Cárdenas, Zalamea e um ou outro mais. Quando Victoria ia vê-lo levava um pouco de dinheiro, cigarros, livros. "Tinha variações fortes e rápidas de estado de espírito, próprias de uma pessoa com seu sofrimento", diz este. Nos últimos tempos, Rosales preferia ler para os amigos cartas que ele mesmo tinha escrito, em vez de dizer as coisas verbalmente;** um processo de substituição progressiva da expressão oral pela escrita.

"Parecia uma vela que fraqueja",*** escreveu à sua morte o jornalista Orlando Alomá, recordando os últimos dias de Rosales. A morte de seu amigo Reinaldo Arenas também o afetou muito. Durante meses, lembra-se Victoria, telefonava todos os dias para ele, sempre por volta das on-

---

* Entrevista à revista *Mariel*, idem.
** No conto "La estrella fugaz", incluído em *El resbaloso y otros cuentos* (Ediciones Universal, Miami, 1997), Victoria narra esses encontros e as relações entre ele, Rosales e Reinaldo Arenas.
*** Orlando Alomá, "La breve infelicidad de Rosales", *El Nuevo Herald*, 27 de julho de 1993, p. 17-A.

ze da manhã, para anunciar que ia se matar. "Não acreditava que chegasse a fazê-lo", conta o amigo.

Nem mesmo depois que o escritor morreu sua obra gozou de reconhecimento. O único fragmento de *A casa dos náufragos* publicado em Cuba, sob o título de "El refugio", foi agrupado sob o tema geral de "Erotismo e humor no romance cubano da diáspora", que por si só desvirtua a essência do romance. Embora haja nele elementos de erotismo e de humor, estes se diluem, se contraem, adquirem outra significação no contexto terrível da *boarding home*.

A maioria dos críticos que se ocupam da literatura cubana desconheceu ou não compreendeu a obra de Rosales. Ele é às vezes mencionado no contexto de estudos sobre a chamada "geração de Mariel".

"Pego uma pistola imaginária e levo-a à têmpora. Disparo", escreveu em *A casa dos náufragos*. Na manhã da terça-feira 6 de julho de 1993 o gatilho já não era fictício. As cinzas de Guillermo Rosales descansam no cálido regaço de Miami, a cidade "indiferente e superficial onde também o olho de Deus penetra fundo, e julga, e castiga, e perdoa".*

Ivette Leyva Martínez
Miami, março de 2000 — setembro de 2002

---

* *El alambique mágico* (cópia datilografada).